우리 고전 다시 읽기

배비장전

# 배비장전

구인환(서울대 명예교수) 엮음

좋은 책 좋은 독자를 만드는 —
㈜신원문화사

# 머리말

　수천년 동안 한 민족이 국가의 체제를 갖추어 연면한 역사와 전통을 계속해 왔다는 것은 인류 역사를 살펴봐도 그렇게 흔한 일이 아니다. 그리고 그 민족이 고유한 문자를 가지고 후세에 길이 전할 문헌을 남겼다는 것은 더욱 흔한 일이 아닐 것이다.

　이러한 면에서 볼 때 우리 한민족은 세계 어느 나라와 비교해도 손색없고, 자랑스러운 역사와 전통을 이어왔다. 우리 한민족은 5천 여 년의 기나긴 역사를 통하여 수많은 외세의 침략을 받아 백척간두의 국난을 겪으면서도 우리의 역사, 한민족 고유의 전통을 면면히 이어온 슬기로운 조상이 있었다. 이러한 까닭으로 오늘날 빛나는 민족의 문화 유산을 이어받은 것이다.

　고전 문학(古典文學)이란 실용성을 잃고도 여전히 존재할 만한 값어치가 있고, 시대와 사회는 변해도 항상 시대를 초월하여 혈연의 외침으로 우리의 공감대를 울려 주기에 충분한 문화적 유산이다. 그러므로 오늘을 사는 우리들은 조상의 얼이 담긴 옛

문헌을 잘 간직하여 먼 후손들에게까지 길이 이어주어야 할 사명감을 가져야 할 것이다.

고전 문학, 특히 국문학(國文學)을 규정하는 기준이 국어요, 나라 글자라면 우리 민족의 생활 감정을 표현한 국문 작품이야말로 진정한 국문학이 된다 할 것이다.

그러나 우리 고유 문자의 탄생은 오랜 민족 역사에 비해 훨씬 후대에 이루어졌다. 이 까닭으로 우리 민족은 일찍부터 외국의 문자, 즉 한자가 들어와서 사용했다. 이처럼 우리 선조들이 고유 문자가 없음을 한탄할 때에, 세종조에 와서 마침 인재를 얻어 훈민정음이 창제되었다. 하지만 여전히 한자가 독보적인 행세를 하여 이 땅에 화려한 꽃을 피웠다. 따라서 표현한 문자는 다를지언정 한자로 된 작품도 역시 우리 민족의 생활 감정을 나타낸 우리의 문학 작품이다. 이러한 귀결로 국 · 한문 작품을 '고전 문학'으로 묶어 함께 싣기로 했다.

우리 글이 창제된 이후에도 우리 선조들의 손으로 쓰여진 서책이 수만 권에 달한다. 그 가운데에서 국문학상 뛰어난 몇몇 작품을 선정하는 것은 물론 산재해 있는 문헌의 자료를 수집하기 위해 숨어 간직되어 있는 작품을 찾아내는 것도 여간 어려운 일이 아니었다. 그럼에도 이만한 성과를 거두고 이만한 고전 문학 작품을 추리는 것은 현재를 삼는 우리의 당연한 책임이자 의무이다. 다만 한정된 지면과 미처 찾아내지 못한 더 많은 작품이 실리지 못한 것이 아쉬울 따름이다.

엮은이 씀

# 배비장전

　인생 천지간에 무론(毋論) 남녀하고 인종은 일반이언만, 기중
에 우열이 판이하여 남자에도 현인군자(賢人君子)와 우부천맹
(愚夫賤氓)[1]이 있고 여(女) 중에도 정부열절(貞婦烈節)과 음녀간
희(淫女奸姬)[2]가 대불핍절(代不乏絶)[3]하여, 형형색색으로 측량
치 못할 것은 자고급금(自古及今)[4] 사람의 성질이라.
　사람의 성질이란 것은 거생(居生)하는 지방의 산천 풍기를 많
이 응하여 산명수려(山明水麗)한 지방에는 사람의 성질이 순후공
근(淳厚恭謹)하여 악한 기운이 별로 없고, 산천이 험준한 지방에
는 그대로 사람의 성질이 우준간활(愚蠢奸猾)[5]하게 나는 법이라.

---

1) 어리석은 사내와 천한 백성.
2) 음탕한 계집과 간사한 계집.
3) 대대로 끊어지지 않음.
4) 예나 지금이나.
5) 미련하고 간사함.

호남좌도(湖南左道) 제주군(濟州郡)[1] 한라산은 옛적 탐라국(耽羅國) 주산(主山)이요, 남방도(南方島) 중 제일 명산이라. 험준하고 수려한 정기가 어리어서 기생 애랑(愛娘)이 생겨났나 보더라.

애랑이 비록 천기(賤妓)로 났을망정 색태(色態)는 월 서시(越西施)[2] 양태진(楊太眞)[3]을 압도하고 지혜는 남자로 말하면 진유자(陳留子)[4]에 내리지 아니하고, 간교는 구미호(九尾狐)[5]가 환생하였던지, 호색남자가 얽혀 들면 상투끝까지 빠져 허덕허덕 하는 터일러라.

한양에 김경(金卿)이라 하는 양반이 있으되, 문필재력이 비범하여 15세에 생원(生員)·진사(進士), 20 전에 장원급제, 초입사(初入仕)에 한림(翰林)[6]·주서(注書)[7]·이조(吏曹)[8]·옥당(玉堂)[9]·승지(承旨)[10]·당상(堂上)[11]·방백(方伯)을 바라더니, 대신 서계(大臣書啓)[12] 끝에 제주 목사(濟州牧使)에 제수(除授)되니, 김경이 즉시 도임길을 떠나려고 이(吏)·호(戶)·예(禮)·공(工)·병(兵)·형(刑) 육방(六房)[13] 소임 골라 뺄새, 서강(西

---

1) 호남좌도는 전라도의 다른 이름. 제주도는 전라도에 속해 있었음.
2) 중국 월나라의 미인 서시.
3) 양귀비.
4) 한나라의 진평과 장량.
5) 오래 묵어 꼬리가 아홉이나 된 여우.
6) 예문관의 정9품 벼슬.
7) 승정원의 정7품 벼슬.
8) 조선 시대 육조의 하나.
9) 홍문관의 다른 이름.
10) 승정원에 속한 관리.
11) 정3품 이상의 벼슬을 가리킴.
12) 대신이 임금께 올리는 복명서. 복명서는 명령에 의해 행한 일의 경과를 명령한 사람에게 보고하는 문서를 말함.

江) 사는 배선달(裵先達)[14]을 장막(帳幕)으로 급히 불러 예방(禮房) 소임 맡기시니, 배비장(裵裨將)이 집으로 돌아와서 대부인(大夫人)[15]께 여쭈오되,

"소자가 팔도강산 좋은 경(景)을 역력히 보았으되, 제주가 도중(島中)이라 시하(侍下)[16]에 못 갔삽더니, 친한 양반이 제주 목사를 하여 비장(裨將)[17]으로 가자 하니 다녀오겠삽나이다."

대부인 그 말 듣고 이른 말이,

"제주라 하는 곳이 수로 천리, 육로 천리 2천 리 원로에 날 버리고 네 갔다가 나의 종신(終身)[18] 못 할 것이니 제발 덕분 가지 마라."

배비장 여쭈오되,

"단망(單望)[19]으로 언약하고 아니 가던 못 하겠소."

이때 배비장 실인(室人)[20]이 곁에 있다가 하는 말이,

"제주라 하는 곳이 비록 사해 도중이나 색향(色鄉)[21]이라 하옵니다. 만일 그곳 가 계시다가 주색에 몸이 잠겨 회정(回程)[22]하지 못하오면, 부모께도 불효요, 첩(妾)[23]의 신세 그 아니 원통

---

13) 지방 관청에 두었던 여섯 부서.
14) 선달은 무과에 오른 사람.
15) 어머니를 높이 일컫는 말.
16) 웃어른을 모신 처지.
17) 지방 장관이나 해외 사신을 따라 다니는 관원. 감사 수령 · 병사 등의 막료.
18) 임종.
19) 여러 후보를 두지 않고 단 한 사람만 추천함.
20) 아내.
21) 미인이나 기생이 많은 곳.
22) 돌아옴.
23) 아내가 남편에 대해 자기를 낮추어 일컫는 말.

하오."

 "글랑은 염려 마오. '이팔가인체사수(二八佳人體似酥)하니 요 간장검참우부(腰間長劍斬愚夫)라, 수연불견인두락(雖然不見人頭 落)이나 암리초군골수구(暗裡招君骨髓求)라' 1) 하였으니, 계집은 커녕 아해를 비역〔鷄姦〕2)이나 하게 되면 가막쇠3) 아들일세."

 즉시 대부인께 하직하고 금마(錦馬)4)로 내려간다.

 전령패(傳令牌)5) 비껴차고 영주(瀛州)6)로 향하올 제 때는 방 춘화절(方春花節)이라. 이화(梨花)·도화(桃花)·행화(杏花)· 방초(芳草)·양류 청청(楊柳靑靑)·녹수 잔잔(綠水潺潺) 만산(滿 山) 화개경(花開景)7)이 좋은데, 사면을 둘러보며 산호금편(珊瑚 金鞭)8) 권마성(勸馬聲)9)에 행운(行雲)같이 재게 달려 연로 각점 (沿路各店) 중화(中火)10), 숙소 강진(康津)·해남(海南) 다리 놓 아 해남 관두(關頭) 다다르니 신연(新延)11) 하인 등대(等待)로 다.

---

 1) 꽃다운 나이의 아름다운 여자의 살결이 희고 보드라우니, 가랑이 사이에 있는 큰 칼(여
   자의 성기를 말함)이 지아비의 목(남자의 성기를 말함)을 베려 하는구나. 머리가 잘려
   떨어지는 것을 보지는 못했네. 어두운 가운데서 낭군을 불러 골수(남자의 성기)를 달라
   고 할 뿐임.
 2) 사네끼리 하는 성행위.
 3) 방문 등을 걸 때 쓰는 장식.
 4) 비단으로 장식한 말.
 5) 조선 시대 때 포도대장이 갖고 다니던 일종의 신분증.
 6) 제주도의 딴 이름.
 7) 화개경: 꽃이 핀 경치.
 8) 산호와 금으로 만든 채찍.
 9) 말 모는 소리.
 10) 점심.
 11) 신임 사또의 마중.

사또, 신연 하인 현신(現身)[12]받은 후 사공 불러 분부하되,

"예서 배를 타면 제주를 몇 날이나 가는고?"

사공이 분부 모셔 여쭈오되,

"일기가 청명하고 서풍이 살살 부오면 꽁무니 바람에 양돛을 갈라 붙이옵고 아디[13]에서 핑핑 소리나며 배 앞 이물[14]에서 물결 갈기는 소리가 팔구월 열바가지[15] 삶는 소리처럼 절벅절벅 하오면 1천 리도 가옵고, 반쯤 가다 왜풍(倭風)[16]을 만나 표풍(漂風)[17]하면 영길이국(英吉利國) 가기도 쉽삽고, 만일 짓[18]이 틀리오면 쪽박 없는 물도 먹고 숭어와 입도 맞추나이다."

사또 또 분부하되,

"제주를 당일 득달(得達)하면 중상(重賞)을 줄 것이니 착실히 거행하라."

사공이 분부 모셔 순풍을 기다릴 제,

"마침 일기 청명하고 서풍이 솔솔 부오니 사또 등선(登船)하옵소서."

사또 대희하여 하인 불러 분부하니, 하인 등이 사공을 재촉하여 발선(發船)할새, 새로 무은[19] 큰 배 위에 남천을 번듯 치고 산수병(山水屛)·모란병(牧丹屛) 겹겹이 둘러친 후, 포진(鋪

---

12) 아랫사람이 웃사람을 처음 뵙는 것.
13) 바람의 방향에 따라 돛의 방향을 조정하기 위해 돛대에 맨줄.
14) 배의 앞 부분.
15) 물에 삶아 새로 마든 바가지.
16) 왜바람. 이리저리 부는 바람.
17) 바람에 밀려 감.
18) 형세.
19) 만든.

陳)<sup>1)</sup> · 장작 배설(排設)하고 넌출비단<sup>2)</sup> · 모란석<sup>3)</sup>에 채색 놓은 쌍학침(雙鶴枕)<sup>4)</sup>과 청등 · 홍등 · 병타구(甁唾具)<sup>5)</sup> · 주석 재떨이 늘어놓고 사또 등선한 연후 사또 위엄, 통인(通引)<sup>6)</sup> 좌우로 갈라 서고, 여러 비장들은 다 각기 읍(揖)<sup>7)</sup>하여 이편 저편 갈라서서 어떤 비장은 홍감<sup>8)</sup>을 엄히 하고 어떤 비장은 착실한 체하여 요만히<sup>9)</sup> 꿇어앉고, 하인들은 장막 밖에 이리저리 갈라 앉은 후 상선(上船)에 고사(告祀)하고 상선포(上船砲) 놓은 후에 선왕도 (先往島)에 대풍(待風)하여 대해망망천리파(大海茫茫千里波)에 배 떠워라 배 떠워라. 조조자락만조래(早潮纔落晚潮來)라. 지국 총지국총 어사와 하니, 의선어부일견고(倚船漁夫一肩高)라<sup>10)</sup>. 도 사공(都沙工)은 키를 틀고 역군(役軍)은 아디 틀어 바람 맞추어 배시길 제, 망망 대해 중에 떠가는 저 배로다. 호호창랑노화월 (浩浩滄浪蘆花月)<sup>11)</sup>에 범여선(范蠡船)<sup>12)</sup>이 떠가는 듯 두둥실 떠나 갈 제, 사또 일희일비(一喜一悲)하여,

"술 디려라. 먹고 노자."

비장들도 술을 주며,

---

1) 멍석 · 돗자리 등.
2) 폭이 넓은 비단.
3) 모란꽃을 수놓은 자리.
4) 학 한 쌍을 수놓은 베개.
5) 병처럼 생긴 타구.
6) 관청의 우두머리에 딸려 잔심부름하는 직책.
7) 두 손을 마주 잡고 올렸다가 허리를 굽히면서 내리는 절.
8) 허세를 부리며 떠드는 것.
9) 요만큼.
10) 아침 썰물 물러가고 저녁 밀물 몰려온다. 영차영차 배 위의 어부는 신이 나서 노젓는다.
11) 넓고 넓은 푸른 꿈과 갈대꽃 핀 달밤.
12) 중국 춘추 시대에 월나라의 범여가 오나라를 쳐 빼앗겼던 미인 서시를 데려왔던 배.

"곡강춘주인인취(曲江春酒人人醉)라[13]. 상하 동락 관계하랴. 너도 먹고 나도 먹자."

사또 취흥(醉興)이 도도(陶陶)하여 풍월(風月) 지어 읊되,

"'청천(青天)이 도수중(倒水中)하니 어유백운간(魚遊白雲間)이라'[14] 이 글 어떠한고?"

비장들이 대답하되,

"예 좋소, 문장귀(文章句)요."

사또 취중에 희담(戲談)한다.

"누구서 제주 배 타기가 어렵다 하더니, 누워서 떡 먹기는 눈에 고물이나 떨어지고, 앉아서 똥누기는 발 허리나 시리지, 내 서울서 들으니 바다의 꼬리 큰 고기가 있다 하니 그 말이 옳으냐?"

사공이 여쭈오되,

"수렁개울 방축못(防築池)도 지키는 영신(靈神) 있다 하니, 증지바다[15]를 건너오면서 취담을 마옵소서."

그 말이 맺지 못하여 머역섬을 바삐 지나 추자도(楸子島)를 다다르니, 상하 바다 물꼬리 중수하여 건너갈 제, 동정서망초강분(洞庭西望楚江分)하니 수진남천불견운(水盡南天不見雲)을[16]. 해색(海色)은 접천(接天)한데 난데없는 대풍이 졸지에 일어나며 사면이 침침, 물결이 왈랑왈랑, 태산 같은 물마루[17]가 뒤치어

---

13) 곡강(당나라 수도 장안 교외의 강)의 봄술에 사람마다 취하더라.
14) 푸른 하늘이 물 속에 거꾸로 비쳤으니 물고기가 흰구름 사이에서 노니는구나.
15) 바다의 한가운데.
16) 동정호에서 서쪽을 바라보니 촌강이 갈렸고, 물이 끝난 남쪽 하늘에는 구름이 보이지 않는다.
17) 물결의 높은 곳.

으르릉 콸콸 뒤둥그러 물결이 펄펄 뱃전을 때리고, 바람에 띠집[1]
도 조각조각 흩어지며, 키다리[2] 꺾어져 용총줄[3] 마룻내[4]가 동
강동강, 고물이 번 듯 이물로 숙어지고, 이물이 번듯 고물로 숙
어져 덤벙뒤뚱 조리(笊籬)질치니, 사또 정신 놓고 비장·하인
분주하게 덤벙일 제, 사또 사공을 부르되 겁결에 '고공(雇工)
아!' 부르니, 사공은 겁결에 떨며 그대로 '예! 예!' 하니, 사또
그중에 노하여 이른 말이,

"이놈, 양반은 수로에 익지 못하여 떨거니와, 수로에 익은 놈
이 저다지 떠는다."

사공이 더욱 공동(恐動)하여 여쭙는다.

"소인이 15세부터 화장(火匠)[5]으로 배에 올라 흑산도·대마
도·칠산·연평 바다를 무른 메주 밟듯 다녔으되 이런 경난(經
難)[6]은 처음이오. 지부왕(地府王)[7]이 삼촌, 강림사자(降臨使
者)[8]가 적삼촌(嫡三寸)이요, 사해용왕(四海龍王)이 외삼촌이라
도 살아 보기는 극난(極難)이요. 살려 하오면 이물을 다 먹어야
살 듯하오니, 뉘 배로 다 먹겠소."

이렇듯 황겁할 제 비장들도 서로 운다. 비장 하나 신세 자탄
하되,

---

1) 띠나 갈대로 지붕을 이은 집. 선실 지붕을 말함.
2) 키에 달린 막대기.
3) 돛대에 돛을 달아맨 줄.
4) 집을 지을 때 용마루 밑에 걸치는 도리. 여기서는 용충줄을 잡아맨 굵은 돛대.
5) 배에서 밥짓는 아이.
6) 어려움을 겪음.
7) 염라대왕.
8) 저승에서 온 사자.

"북당(北堂)[9]의 학발양친(鶴髮兩親)[10] 천리 도중(島中) 날 보내고, 부모와 자식 되어 이제 올까 저제 올까, 홍안처자(紅顔妻子) 우리 아내 임 생각 잠 못 이뤄 임 가던 곳 바라보고 한숨 짓고 눈물지며 날마다 기다릴 제 몽중인들 오즉하랴. 속절없이 죽게 되니 이런 팔자 또 있는가?"

비장 하나 또 운다.

"나는 나이 40이로되 자식 하나 없어 양자(養子)할 곳도 바이 없는지라. 선영(先塋) 향화(香火)[11] 끊게 되니 이 아니 원통한가?"

비장 하나 또 운다.

"나는 형세가 가난하여, 제주가 양태(涼太)[12] 소산(所産)이라, 양태 동[13]이나 얻어다가 가용에도 쓸 것이요, 우리 마누라 속곳 없어 한 벌 얻어 입힐까 하고 나왔더니, 속절없이 수중고혼(水中孤魂)[14] 되겠으니 이 아니 원통한가?"

비장 하나 또 운다.

"나는 형세가 불빈(不貧)하니 집에 그저 있었던들 좋을 것을, 이름자나 갈고 천(薦)을 터서 출입(出入)[15]을 바랐더니, 속절없이 죽게 되니 이 아니 원통한가."

이렇듯 탄식할 제, 사또는 정신없어 그 거동을 보다가 무슨

---

9) 부모님이 계신 방.
10) 머리가 하얗게 센 어버이.
11) 조상에 대한 제사.
12) 갓의 둘레 테. 여기서는 둘레가 넓은 갓.
13) 짐을 크게 묶어 세는 단위.
14) 물에 빠져 죽은 귀신.
15) 출세.

생각이 났던지 사공을 불러 분부한다.

"용왕(龍王)이 이제야 제수(祭需)를 달라나 싶으니 고사나 극진히 드려 보아라."

사공이 분부 모셔 거행한다. 영좌·이좌·화장·격군[1] 머리 목욕 정히 감고 허릿간[2]에 배석(拜席) 펴고 고물에는 청신(靑神)·홍신(紅神) 기(旗)를 좌우편 갈라 꽂고, 큰 고리에 백미 담아 사또 상의련(上衣練)[3] 벗어 놓고, 온 쇠머리 생돝[4] 잡아 큰 칼 꽂아 기는 듯이 들여 놓고, 제자(祭秄)[5] 공양 올린 후에 섬쌀 풀어 물에 넣고 도사공의 정성으로 나는 큰북 용총줄에 높이 달고, 북채를 양수(兩手)에 갈라 잡고 두리둥둥 북을 치며 축원한다.

"천지거곤(天地乾坤) 일월성신(日月星辰) 황천후토(皇天后土) 신령(神靈) 녹성군(祿星君)이 감동하와 한양성내(漢陽城內) 북부송현거(北部松峴居) 김씨건명(金氏乾命) 제주 신관 목사또(新官牧使道)를 살리소서. 두리둥둥 동해 광리(廣利), 서해 광덕(廣德), 남해 광연(廣淵), 북해 광택(廣宅), 물 위의 용녀부인(龍女婦人)[6] 물 아래 하수용왕(河水龍王)[7] 참군영감(參軍令監)[8] 내림하와 영주 바다 건너갈 제 순풍을 빌리소서. 두리둥둥."

---

1) 선원의 직위.
2) 고물간. 즉 배 뒷부분에 있는 간(間).
3) 덧저고리의 일종인 듯.
4) 통돼지.
5) 제사에 올리는 밥.
6) 용왕의 딸.
7) 물 속에 있는 용왕.
8) 한성부나 훈련원의 종2품 벼슬. 여기서는 귀신이나 신령을 가리킴.

고사를 드린 후에 사또 자탄하는 말이,

"'생(生)은 기(奇)요 사(死)는 귀야(歸也)라' [9] 하니, 하우씨 (夏禹氏) 앙천탄(仰天嘆) [10]을 내게 다 붙였도다."

이윽고 달 밝으며 수잔잔(水潺潺)하니, '월중천애독거주(月中 天涯獨去舟)에 수파잔잔불흥(水波潺潺不興)이라.' [11]에 수파잔잔 불흥(水波潺潺不興)이라.' 자언거수승거산(自言居水勝居山) [12]을 옛말로 들었더니, 삼공불환차강산(三公不換此江山) [13]을 금일이 야 알리로다. 어언간 제주성을 다다르니 지세도 좋거니와 풍경 이야 더욱 좋다.

환풍정(喚風亭) 배를 내려 화북진(禾北鎭) [14] 좌기(坐起)하고, 사면을 들러보니 제주가 십팔경(十八景)이라. 제일경은 망월루 (望月樓)였다. 망월루 살펴보니 어떤 청춘남자 소년 여자 서로 잡고 연연이별(戀戀離別) 낙루(落淚)한다.

이는 누군고 하니 구관 사또 신임하던 정비장(鄭裨將)과 수청 기생(守廳妓生) [15] 애랑(愛娘)이와 양인의 이별이라.

정비장의 거동 보소. 애랑의 손을 잡고 이른 말이,

"잘 있거라. 네 들으라. 경성 태생 소년으로 제주물색 좋단 말을 굳이 듣고 이곳 와서 방춘연분(芳春緣分) [16] 널로 하여 세월

---

9) 산다는 것은 이 세상에 잠깐 들르는 것이요, 죽는다는 것은 저 세상으로 돌아가는 것이 다. 〈앙천탄〉의 한 구절.
10) 하늘에 탄식함. 여기서는 하우씨가 지었다는 시의 제목.
11) 달이 중천에 높이 떠 있는 달밤에 홀로 배를 저어 가는데, 물결은 일지 않고 단란하다.
12) 물에서 사는 것이 산에서 사는 것보다 낫다고 스스로 말함.
13) 세 정승의 벼슬자리와는 바꾸지 않을 경치 좋은 이 강산.
14) 관원이 공무를 보는 곳.
15) 벼슬아치의 시중드는 기생.
16) 꽃다운 나이에 맺은 연분.

을 보낼 적에, 연연(姸姸)[1]한 네 태도와 청아한 네 노래에 고향 생각 없었더니, 애달프사 이별이야, 청강녹수(淸江綠水) 원앙새 가 짝을 잃은 격이로다. 산고곡심(山高谷深) 무인처(無人處)에 둘이 만나 희롱타가 이별하고 헤어지는 격이로다. 애닯고나 이 별이야. 이별 이(離) 자 내던 사람 우리 양인의 원수로다. 해성 추월심야중(垓城秋月深夜中)[2] 우미인(虞美人)[3] 이별할 제 항우 (項羽)의 강개탄(慷慨嘆)[4]과, 마외역(馬 驛) 저문 날 양귀비(楊 貴妃)[5] 이별할 제 명황(明皇)[6]의 울던 간장 이에서 더할소냐. 일심상사(一心相思) 너뿐이니 부디부디 잘 있거라."

애랑의 거동 보소. 없는 설움 별로 지어 도화옥빈(桃花玉鬢)[7] 고운 얼굴 웃는 듯 찡기는 듯 한술 장탄(長嘆)하는 말이,

"여보 들으시오. 나으리 이곳 계실 때는 먹고 입고 살기 걱정 없이 세월을 보내더니, 이제는 뉘게다 의탁하오라고 일조이별 (一朝離別)이 웬일이오."

정비장 이 말 듣고 소활(疎闊)[8]하고 큰 마음에 애랑의 속이 풀리도록 단 한 번 대답을 한다.

"글랑은 염려 마라. 내 올라갈지라도 한동안 먹고 쓰기 넉넉 하게 베짐 풀어 주고 가마."

---

1) 매우 아름다움.
2) 해하성(垓下城)의 가을달 밝은 한밤중.
3) 항우가 총애하던 미인.
4) 항우가 총애하던 미인.
5) 당나라 현종이 총애한 여자.
6) 당나라 현종을 가리킴.
7) 예쁜 얼굴과 귀밑머리.
8) 성격이 털털함.

하더니, 일변 고(庫)지기<sup>9)</sup>에게 분부하여 베짐 풀어 애랑 준다. 중량(中凉)<sup>10)</sup> 한 통, 세양(細凉) 한 통, 탕건(宕巾) 한 죽, 우황(牛黃)<sup>11)</sup> 열 근, 인삼 열 근, 월자(月子)<sup>12)</sup> 서른 단, 마미(馬尾)<sup>13)</sup> 백 근, 장피(獐皮)<sup>14)</sup> 마흔 장, 녹비(鹿皮)<sup>15)</sup> 한 동, 장곽(長藿)<sup>16)</sup> 스무 장, 홍합·전복·해삼 백 개, 문어 열 개, 삼치 서 뭇, 석어(石魚)<sup>17)</sup> 한 동, 대하(大蝦)<sup>18)</sup>·소곽·다시마 한 등, 유자(柚子)<sup>19)</sup>·백자(柏子)<sup>20)</sup>·석류(石榴)·비자(榧子)<sup>21)</sup>·청피(靑皮)<sup>22)</sup>·진피(陳皮)<sup>23)</sup>·용(茸)<sup>24)</sup>·얼레<sup>25)</sup>·화류(樺榴)<sup>26)</sup> 살쩍·삼층난간 용봉장(三層欄干龍鳳欌)·이층 문갑(二層文匣)·가께수리<sup>27)</sup>·산유자(山柚子)궤·뒤주 각 여섯 개, 걸음 좋은 제마(濟馬)<sup>28)</sup> 두

---

9) 창고지기.
10) 좀 굵게 만든 갓 양태.
11) 소의 슬개에서 나는 약재.
12) 숱을 많게 하기 위한 일종의 가발.
13) 말총.
14) 노루 가죽.
15) 사슴 가죽.
16) 폭이 넓고 긴 미역이나 다시마.
17) 조기.
18) 큰 새우.
19) 유자나무의 열매.
20) 잣.
21) 비자나무의 열매.
22) 익지 않은 귤껍질.
23) 익은 귤 껍질.
24) 녹용.
25) 빗살이 굵은 빗.
26) 화류로 만든 살쩍밀이. 살쩍밀이는 귀 앞에 난 머리를 망건 속으로 밀어넣는 데 쓰는 물건.
27) 일본식 옷장의 하나.
28) 제주도에서 나는 말.

필, 총마(驄馬)[1] 세 필, 안장이 두 켤레, 백목(白木)[2] 한 통, 세포(細布)[3] 세 필, 모시 다섯 필, 면주(綿紬)[4] 세 필, 간지(簡紙)[5] 열 축, 부채 열 병(柄)[6], 간필(簡筆)[7] 한 동, 초필(草筆) 한 동, 연적(硯滴)[8] 열 개, 설대 열 개, 쌍수복(雙壽福) 백통대[9] 한 켤레, 서랍 하나, 남초(南草)[10] 열 근, 생청(生淸)[11] 한 되, 숙청(熟淸)[12] 한 되, 생률(生栗) 한 되, 마늘 한 접, 생강 한 되, 나미(糯米)[13] 열 섬, 황육(黃肉)[14] 열 근, 호추(胡椒) 한 되, 아그배[15] 한 접 애랑 주며 방자 불러 이른 말이,

"애랑의 집에 갖다 주고 애랑 모 회답 맡아 오너라."

애랑이 눈물을 이리저리 씻으면서 느끼며 여쭈오되,

"주신 기물(器物)은 천금(千金)이라도 귀한 바가 없나이다. 백년을 맺은 기약 일장춘몽이 허사로다. 나으리는 소녀를 버리시고 가옵시면 백발 부모 위로하고, 홍안처자 반겨 만나 그리던 정회 회포할 제, 소녀 같은 박명소첩(薄命小妾)[16] 천리 도중 멀

---

1) 푸른 빛깔에 흰색이 섞인 훌륭한 말.
2) 무명.
3) 곱게 짠 삼베.
4) 명지.
5) 편지지.
6) 자루.
7) 편지 쓰는 붓.
8) 벼룻물을 담는 그릇.
9) '수(壽)'자와 '복(福)'자 한 쌍을 무늬 놓은 백통대. 담뱃대.
10) 담배.
11) 뜰 때 열을 가하지 않은 꿀.
12) 끓여서 찌꺼기를 말끔히 없앤 꿀.
13) 찹쌀.
14) 소고기.
15) 아그배나무의 열매.

고 먼데 다시 생각하올손가. 설운 것이 이별 별(別) 자 이한공수
강수장(離恨空隨江水長)[17]하니 떠날 이(離) 자 슬플시고. 갱파라
삼문후기(更把羅衫問後期)[18]하니 이별 별 자 또 슬프고, 낙양천리
낭군거(洛陽千里郎君去)[19]하니 보낼 송(送) 자 애련하다. 임 보내
고 그리운 정 생각 사(思) 자 답답하며, 천산만수(天山萬樹) 아득
한데 바랄 망(望) 자 처량하다. 공방적적추야장(空房寂寂秋夜
長)[20]하니 수심 수(愁) 자 첩첩하고 첩첩수다몽불성(疊疊愁多夢不
成)[21]하니 탄식 탄(歎) 자 한심하고, 한숨 장탄 간장 눈물 누(淚)
자 가련하다. 군불견상사고(君不見相思苦)에 병들 병(病) 자 설운
지고. 병이 들면 못 살려니 혼백 혼(魂) 자 따라 갈까. 장재복중
(長在腹中)[22] 그린 임 잊을 망(忘) 자 염려로다. 일거낭군(一去郎
君)[23] 내밀 출(出) 자 다시 보자 언제 볼고. 애고애고 설운지고.”

정비장 혹한 마음,

“네 말을 들으니 뜻 정(情) 자 간절하다. 내 몸에 지닌 노리개
를 네 맘대로 다 달래라.”

애랑이란 년, 달라는 말 아니하여도 정비장을 물오른 송깃대
벗기듯 하려는데, 가지고 싶은 대로 달래라 하니, 불한당 같은
마음에 피나무 껍질 벗기듯 아주 홀짝 벗기려고,

“여보 나으리 들으시오. 갓두루마기[24] 소녀를 벗어 주고 가시

16) 운명이 기박한 소첩.
17) 이별의 한(恨)은 헛되이 긴 강물을 따름.
18) 다시 소매를 잡고 다음에 만날 기약을 물어봄.
19) 천 리나 되는 서울로 낭군이 떠남.
20) 기나긴 가을밤을 빈방에서 홀로 쓸쓸히 보냄.
21) 첩첩이 쌓인 근심에 꿈(잠)을 이루지 못함.
22) 뱃속. 즉 마음속에 오래도록 간직하고 있음.
23) 낭군이 떠나면.
24) 가죽 두루마기.

28

면 나으리님 가신 후에 날이 가고 달이 갈 제, 광음이 여루(如流)하여[1] 낙화수심(落花愁心) 봄이 가고, 방초하절(芳草夏節), 추절(秋節) 들어 정수단풍(庭樹丹楓)[2] 잎 떨어질 제, 낙엽은 소슬하고 옥창(玉窓)[3] 밖에 서리 칠 제, 추야장(秋夜長) 적막한데, 독수공방 잠 못 들어 전전불매(輾轉不寐)[4]하올 적에, 원앙금침 냉한 베개 비취금(翡翠衾)[5] 얇은 이불을 두 발로 미적미적 툭툭 차서 물리치고, 주고 가신 갖두루마기 한 자락은 펼쳐 깔고 또 한 자락 흠썩 덮고, 두 소매는 착착 접어 베개 삼아 베고 자면, 나으리 품에 누운 듯 근들 아니 다정하오."

정비장 그 말 듣고 양피(羊皮) 갖두루마기 활활 벗어 애랑 주며 이른 말이,

"'맹상군(孟嘗君)의 호백구(狐白裘)도 진왕(秦王)의 사랑첩 행희(幸姬)를 주어 있고'[6], '수가(須賈)의 일저포(一苧袍)도 범숙(范叔)을 주었으니'[7] 연연고정(戀戀故情)[8] 그 아니냐. 나도 이

---

1) 세월이 빨리 가서.
2) 뜰의 단풍.
3) 젊은 여인이 있는 방의 창문.
4) 이리 뒤척 저리 뒤척 하면서 잠을 이루지 못함.
5) 비취색의 비단 이불.
6) 중국 전국 시대의 맹상군이 진나라 소왕에게 잡혀 죽게 되었는데, 그때 소왕의 첩 행희에게 흰 여우 가죽으로 만든 겉옷을 벗어 줌으로써 목숨을 건졌다고 함.
7) 중국 진(秦)나라 때 수가가 자기의 원수인 범숙을 몰라보고 새 모시 두루마기 한 벌을 주었으니, 수가와 범숙은 본시 친구였다. 이들이 제나라 임금을 찾아갔는데, 범숙만이 등용되었다. 이를 시새워한 수가가 그를 고자질하여 범숙이 처형당할 찰나에 진나라로 도망가서 정승이 되었다. 뒷날 이름을 장녹으로 바꾸고 해진 옷을 입고 사신으로 제나라에 왔을 때 수가는 장녹이 그의 친구인 줄 몰라보았다. 그리고 수가는 자기의 새 옷을 벗어서 범숙에게 주었다고 함.
8) 잊을 수 없는 옛 정.

옷 너를 주니 깔고 베고 잘 제 부디 나를 잊지 마라."

애랑이 또 여쭈오되,

"나으리님 들으시오. 나으리 가신 후 월명상강(月明霜降)[9] 서리 차고 백제성(白帝城)[10] 금풍(金風)[11]할 제, 동정추월(洞庭秋月) 달이 지고 강촌모설(江村暮雪)[12] 눈이 내려 천수만수(千樹萬樹) 이화백설(梨花白雪)이 아주 펄펄 흩날릴 제, 초수오산(楚水吳山)[13]에 도로난(道路難)하니 임 기약이 망연하고, 설청운산북한풍(雪晴雲散北寒風)[14]이 소로로 들이불 제, 차마 귀 시려 어찌 살리. 나으리 쓰신 돈피(豚皮) 휘양(揮項)[15] 소녀를 벗어 주고 가옵시면, 두 귀 덥벅 눌러 쓰면 옥빈(玉鬢)[16]에 한출(汗出)[17]하니 근들 아니 다정하오."

정비장 혹한 마음 휘양 벗어 옛다 애랑 주며 이른 말이,

"손으로 겉 만지며 입으로 털을 불며 쓰게 되면, 엄동설한 추위라리 네 귀 아니 시리리라. 이 휘양 쓸 때마다 부디 나를 잊지 마라."

애랑이 또 앉아 여쭈오되,

"여보 나으리 들으시오. 소녀 비록 여자이오나 옛글을 들었으니, '유인(遊人)이 오릉거(五陵去)하니 보검(寶劍)이 직천금

---

9) 달 밝은 밤에 내리는 서리.
10) 중국 촉한 때 촉한의 소열제가 죽은 곳.
11) 가을 바람.
12) 쓸쓸한 시골에 내리는 저녁 눈.
13) 초나라와 오나라의 산수가 험하고 멂.
14) 눈을 개게 하고 구름을 흩날리게 하는 차가운 북풍.
15) 방한모의 일종.
16) 아리따운 빛.
17) 땀.

(直千金)이라.' 1) 그 칼이 값이 많사오나 분수탈상증(分手脫相贈)2)이라 하니 평생일편심(平生一片心) 그 아니 중하온가. 나으리 차신 철병도(鐵柄刀)3)를 소녀 끌러 주고 가오."

정비장 칼 만지며,

"이는 나의 방신보검(防身寶劍)이라 너를 주지 못하겠다."

애랑이 여쭈오되,

"옛글을 모르시오? 연릉계자(延陵季子)4) 어진 마음 서군(徐君)의 뜻을 알아 살아서 못 준 보검 죽은 후에 찾아가서 무덤 위에 걸었으니, 사후인정(死後人情)이 신(信)하도다. 임도 나를 생각커든 칼을 주고 가오시면 생전 이별 정표(情表)로세."

정비장 이른 말이,

"내 말 네 들어라. 장부 방신보검 값도 중타 하려니와, 만일 주고 갔다 나의 정을 베어 잊을까 염려로다. 네 집에 있는 식칼을 등심 있게 벼려 두고5) 쓰는 것이 옳으니라. 속수값6) 두 푼을랑 내물어 주마."

애랑이 반루반소(半淚半笑)7)하며 여쭈오되,

"소녀 집에 있는 칼이 식칼뿐 아니오라, 호도각 밀화장도(蜜

---

1) 한때 호화롭게 살던 임금들이 죽어갔으니, 그들이 차고 있던 칼의 값이 천금이나 나간다. 오릉은 한나라의 고조를 비롯한 다섯 임금의 능.
2) 이별할 때 칼을 뽑아 서로 주고받음.
3) 쇠로 자루를 만든 칼.
4) 중국 춘추 시대 오나라의 계찰. 서나라의 임금이 계찰의 칼을 부러워했는데, 계찰이 이를 알고 주려고 갔을 때는 이미 서나라의 임금이 죽은 뒤였다. 이에 계찰은 그를 추모하는 뜻에서 그의 무덤에 있는 나무에 칼을 걸어두고 왔다고 함.
5) 잘 들게 갈아 두고. 문맥상 등심은 잘 세운 날이란 뜻.
6) 칼 벼리는 값.
7) 반은 우는 듯, 반은 웃는 듯. 우는지 웃는지.

花粧刀)<sup>8)</sup> 오동철병(烏銅鐵柄)·서장도(犀粧刀)<sup>9)</sup>·대모장도(玳瑁
粧刀)<sup>10)</sup> 다 있어도 나으리 차신 철병도를 주옵시면 한번 쓸 데
있나이다."

"네 얻다 쓰려느냐?"

"'충신출어고신(忠臣出於孤臣)이요, 열녀출어천첩(烈女出於賤
妾)이라.'<sup>11)</sup> 외로운 데 충신 나고 천하온데 열녀 나니, 열녀의
본을 받아 위군수절(爲君守節)<sup>12)</sup>하올 적에, 홍안 박명 젊은 몸이
횡덩그렇게 빈 방 안에 옥등(玉燈)에 불 켜 놓고 그림자와 벗을
삼아 임 그려 수심할 제, 시문(柴問)<sup>13)</sup>에서 문견폐(聞犬吠)<sup>14)</sup>하
니 개소리 점점 가까워 오고, 풍설야귀인(風雪夜歸人)<sup>15)</sup>이라. 주
색에 호협 남자 내게다 뜻을 두고 월침침야삼경(月沈沈夜三
更)<sup>16)</sup>에 가만가만 사뿐 들어와서 잠근 문을 바삐 열고 내 침방
에 들어오면, 소녀 혼자 할 수 없어 나으리 주신 철병도를 옥수
로 선뜻 끌러 키 큰 놈은 배를 찌르고 키 작은 놈은 멱을 찔러
훨쩍 물리치면, 위군보수(爲君報讐)<sup>17)</sup>하여 나으리께도 설치(雪
恥)<sup>18)</sup>되고 소녀 절개 빛나나니, 근들 아니 다정하오. 제발 덕분

---

8) 호두껍질과 밀화로 만든 장도. '호두각'은 '胡桃角'인 듯. 밀화는 보석의 일종. 장도는
    장식으로 차는 칼.
9) 오동철로 자루를 하고 무소뿔로 집을 한 장도. 오동철은 검은 빛이 도는 적동(赤銅).
10) 대모의 등껍질로 장식한 장도. 대모는 바다거북이의 일종.
11) 충신은 외로운 신하 중에서 나고 열녀는 천한 중에서 남.
12) 낭군을 위해 절개를 지킴.
13) 사립문.
14) 개짖는 소리가 들림.
15) 바람 불고 눈 오는 밤에 사람이 옴.
16) 달도 없는 한밤중.
17) 낭군을 위해 원수를 갚음.
18) 원수를 갚음.

끌러 주오."

　정비장이 껄껄 웃으며,

　"이별 고통 서증병(暑症病)¹⁾에 익원산(益元散)²⁾ 한 첩에 청심환(淸心丸)³⁾ 한 개를 갈아 마신 듯하여 좋다."

　철병도 끌러 애랑 주며 하는 말이,

　"옛 사람 큰 수단으로 용검법(用劍法)⁴⁾을 네 들어라. 오나라 촉루검(蜀鏤劍)⁵⁾은 충신 자서(子胥)⁶⁾를 베었으니 쓸데없는 용검(用劍)이요, 진시황의 태아검(太阿劍)⁷⁾은 육합천지(六合天地)⁸⁾하였으니 지혜용검(知慧用劍) 그 아니며, 한 병선(漢兵仙)⁹⁾의 원융검은 전필승공필취(戰必勝攻必取)¹⁰⁾하니 무쌍용검(無雙用劍) 그 아니며, 홍문연(鴻門宴)¹¹⁾ 분분할 제 항백(項伯)·항장(項莊) 대무용검(對舞用劍) 패왕(覇王)을 그저 놓고 범증(范增)이 때린 옥결(玉抉)¹²⁾ 백설이 잦았으니 분분용검(紛紛用劍) 그 아니며, 형가(荆軻)¹³⁾의 드는 비수 허청금(許廳琴) 한 곡조에 잡은 진왕

---

1) 더위먹은 병.
2) 원기를 돋우는 한약의 일종.
3) 한약의 하나.
4) 칼 쓰는 법.
5) 중국 춘추 시대 오나라 왕 부차가 가졌던 보검.
6) 중국 춘추 시대 오나라의 충신 오자서. 자서의 아버지와 형이 월나라에 잡혀 죽자, 그 원수를 갚으려고 오나를 도와 월나라를 쳐서 이겼다. 그러나 뒤에 억울한 누명을 써서 오왕 부차에게 죽었다고 함.
7) 진시황이 찼던 칼.
8) 천하 통일.
9) 한나라의 한신을 말함인 듯.
10) 싸우면 반드시 이기고 공격하면 반드시 함락함.
11) 중국 초한 때 섬서성에 있는 홍문 땅에서 항우가 패공을 위해 벌인 잔치.
12) 항우의 시하인 범증이 칼로 쳐서 깨뜨린 술잔.
13) 중국 춘추 시대 제나라 사람.

(秦王) 못 찌르고 척검진정(擲劍秦庭)[14] 제 죽었으니 헛된 용검 그 아니며, 관운장(關雲長)의 청룡검(靑龍劍)은 화용복병(華容伏兵)[15] 잡은 조조(曹操) 범치 않고 놓았으니 인의용검(仁義用劍)[16] 그 아니며, 일검(一劍)이 증당백만사(曾當百萬師)[17]는 날랜 용검 그 아니며, 요지보검(瑤池寶劍) 동성문(動星文)은 노장용검(老將用劍) 드문지라. 나도 이 칼 너를 주니, 너도 이 칼 용검(用劍)할 제, 정주산석(定州山石)[18] 들게 갈아 수절공방(守節空房)[19] 범하는 놈 네 수단에 잘 찌르면 만인적(萬人敵)은 못 하여도 일인적(一人敵)은 네 하리라.”

애랑이 철병도 받아 놓고 또 앉아 우는 말이,

“여보 나으리 들으시오. 입으신 숙주창의(熟紬氅衣) 분주(盆紬) 바지[20] 상하 의복 소녀를 벗어 주고 가오.”

정비장 이른 말이,

“여복은 행여 달라기가 괴이치 않거니와 남복이야 네게 쓸데 없다.”

“에고 남의 설운 사정 그다지 모르신단 말이오. 나으리 상하 의복 활활 털어 입어 보고, 착착 접어 홰에 걸고, 앉아 보고, 서서 보고, 누워서도 보고, 일어나 보고, 문 열고 밖에 나가 이리

---

14) 진시황 앞에 칼을 던짐.
15) 화용이란 곳에 숨겨둔 복병.
16) 어질고 의리 있는 용검법.
17) 한 자루의 칼이 능히 백만대군을 당함.
18) 정주에 있는 산에서 나는 돌인 듯.
19) 과부가 수절하면서 홀로 지내는 방.
20) 숙주로 지은 창의와 분주로 지은 바지. 숙주는 삶은 실로 짠 명주. 창의는 벼슬아치가 평소에 입는 웃옷. 분주는 평안도와 황해도에서 나는 좋은 명주.

저리 거닐다 보고, 무궁 첩첩 설운 정회 임 생각 절로 날 제 나며 들며 빈 방 안에 홀로 앉아 잠 못 이뤄 수심겨워 앉았을 제, '안진(雁盡)하니 서난기(書難寄)요 수다(愁多)하니 몽불성(夢不成)[1]'을 앓으락 서락 임 계신데 한숨 쉬고 첩첩 설움 다 버리고 방 안으로 들어가니, 이별 낭군은 가 계서도 옷은 홰에 걸렸으면 옷 벗어 홰에 걸고 누웠는 듯 소피 간 듯, 일천 설움 일만 근심 옷을 보면 풀어지니 근들 아니 다정하오."

정비장 대혹(大惑)[2]하여 활활 벗어 모두 주니 애랑이 옷 받아 놓고 또 앉아 운다.

"여보 나으리 들으시오. 나으리 이별 후 때때로 생각나니 답답 설움 어이할까. 설움 풀 것 바이 없소. 무얼 가지고 설움 풀까. 나으리 입으신 고의적삼 소녀를 벗어 주면, 내 손으로 착착 접어 임 생각 잠 못 이뤄 누웠다가 나으리 고의적삼 임과 둘이 자는 듯이 담쑥 안고 누웠다가 옷가슴을 열고 보면, 향기로운 임의 땀내 폴삭폴삭 촉비(觸鼻)[3]하면 내 맡고 설움 푸니, 근들 아니 다정하오."

정비장 혹한 마음에 고의적삼이 무엇이리, 통가죽[4]이라도 벗어 줄밖에 하릴없다. 고의적삼마저 벗어 애랑 주니 정비장이 알비장이 되었구나. 정비장 밑천을 감출 길이 바이 없어 방자를 부른다.

"방자야!"

---

1) 기러기도 다 가고 없으니 편지를 부칠 수 없고, 수심이 많으니 꿈(잠)을 이루지 못함.
2) 크게 반함.
3) 코에 닿음.
4) 몸뚱이 전체의 가죽.

"예!"

"세승(細繩) 두 발만 들이어라."

하더니, 개짐[月經帶]을 만들어 제마(濟馬) 입에 쇠재갈 먹인 듯이 잔뜩 되우 차고 두런거리며 하는 말이,

"어허 그날 극한(極寒)이로고. 해도중(海島中)이라 매우 차다."

이리 할 제 애랑이 또 여쭈오되,

"나으리 들어 보시오. 옷은 그만 벗어 주고 나으리 상투를 좀 베어 주시면 소녀의 머리와 한데 땋아 드렸으면 일신운발(一身雲髮)[5] 되겠으니, 근들 아니 다정하오."

정비장 이른 말이,

"네 아무리 정리는 그러하나 나는 바로 정텃절[淨土寺] 몽구리[6] 아들이 되라느냐?"

애랑이 통곡하며,

"나으리 여보, 내 말씀 듣소. 나으리가 아무리 다정타 하여도 소녀 뜻만 못하오니 애닯고 그 아니 원통한가. 그는 그러하거니와 분벽사창(粉壁紗窓)[7]에 마주앉아 서로 보고 당싯 웃으시던 앞니 하나 빼어 주오."

정비장 어이없어 하는 말이,

"이제는 부모의 유체(遺體)[8]까지 헐라 하니, 그는 언다 쓰려느냐?"

---

5) 한 몸을 돋보이게 하는 탐스러운 머리.

6) 서울 정토절에 사는 중놈. 몽구리는 중을 낮게 일컫는 말.

7) 하얗게 꾸민 벽과 비단으로 바른 창. 즉 젊은 여자가 거처하는 방.

8) 부모가 남겨 준 몸.

애랑이 여쭈오되,

"호치(皓齒)[1] 한 개 빼어 주면 순수건에 싸서 백옥함(白玉函)에 넣어 두고, 눈에 암암 귀에 쟁쟁 임의 얼굴 보고 싶은 생각 나면 종종 내어 설움 풀고, 소녀 죽은 후에라도 관 속에 지녀 가면 합장일체(合葬一體)[2] 아니 될까. 근들 아니 다정하오."

정비장 대혹하여,

"공방고자(工房庫子)[3]야! 장돌이 · 집게 대령하라."

"예, 대령하였소."

"네 이를 얼마나 빼어 보았는다?"

"예, 많이는 못 빼어 보았으되 서너 말 그럭이나 빼어 보았소."

"이놈, 제주 이는 물봉친[4] 놈이로구나. 다른 이는 상치 않게 하나만 쑥 빼어라."

"소인이 이 빼기에는 숙수단(熟手段)[5]이 났사오니 어련하오리까."

하더니, 소집게로 잡고 빼었으면 쑥 빠질 것을 큰 집게로 이덤 불째 휩쓸어 잡고 좌충우돌창검격(左衝右突槍劍格)[6]으로, 차포(車包) 접은 장기 면상(面像)[7] 차린 격으로 무수히 어르다가 뜻

---

1) 흰 이.
2) 죽은 다음에 함께 묻어 한몸이 됨.
3) 조선 시대 때 지방 관아의 공방에 속해 창고의 관리를 맡아보는 사람.
4) 닥치는 대로 마구 휩쓺.
5) 솜씨가 익숙함.
6) 창과 칼로 이리 치고 저리 치는 격.
7) 장기를 둘 때 차와 포를 떼고 면상을 차린 격으로. 면상은 상을 궁 앞에 나란히 두는 것.

밖에 코를 탁 치니, 정비장이 코를 잔뜩 부둥키고,

"어허, 봉패(逢敗)⁸⁾로고. 이놈, 너더러 이 뺐렸지 코 빼라더냐?"

공방고자 여쭈오되,

"울리어 쑥 빠지게 하느라고 코를 좀 쳤소."

정비장 탄식하며,

"이 빼란 게 내 그르다."

애랑이 또 여쭈오되,

"나으리님, 양각산중주장군(兩脚山中朱將軍)⁹⁾ 줌 반만 베어 주오."

정비장 어이없어 하는 말이,

"이제는 씨도 않히지 말라는구나. 그는 얻다 쓰려느냐?"

애랑이 여쭈오되,

"나으리 가신 후에 독수공방 수심할 제 비워 두기 허하오니, 문지기 삼아 두었으면 일부당관(一夫當關)에 만부막개(萬夫莫開)¹⁰⁾라, 어느 놈이 범하오리까?"

정비장이 그 말에는 입맛이 붙으나 베어 줄 수 없는지라. 한참 이리 수작할 제, 방자 여쭈오되,

"초취(初吹)·이취(二吹)·삼취(三吹) 끝에¹¹⁾ 사또 등선하옵시니 어서 등선하옵소서."

정비장 하릴없이 일어서면 탄식하되,

---

8) 실패를 당함.
9) 두 다리 사이의 붉은 장군. 남자의 성기를 일컬음.
10) 한 남편이 관문(여자의 성기)을 지키고 있으면 만 명의 남자도 열지 못함.
11) 나팔을 한 번 불고 두 번 불고 세 번 분 다음에.

"노가일성한양주(櫓歌一聲漢陽舟)[1]라. 배 떠나자 재촉하니 설운 사설은 만단회(萬端懷)[2]라. 임은 잡고 아니 놓네."

애랑은 정비장 손을 잡고 발 구르며 탄식하되,

"우연히 만났은들 나를 두고 어디 가오. 진(秦)나라 방사(方士) 서불(徐市) 동해 삼산(三山) 채약갈 제 동남동녀(童男童女) 실어 가고[3], 월(越)나라 범상국(范相國)도 오호청풍(五湖淸風) 만리선(萬里船)에 서시(西施)를 실었으니[4], 하루 천리 가는 저 배에 임도 나를 실어 가소. 살아서 못 볼 임 죽어 환생(還生) 다시 볼까. 낭군은 죽어 학이 되고 첩은 죽어 구름이 되어 운종학(雲從鶴) 학종운(鶴從雲)[5] 백운첩첩(白雲疊疊)[6] 간 곳마다 운우(雲雨)중에 놀아 볼까."

정비장 화답한다.

"널랑 죽어 고당명경(高堂明鏡) 밝고 밝은 몸거울 되고, 날랑 죽어 동방 번듯 해가 되고 비칠 조(照) 자 되어 정의안색(情誼顔色)[7] 서로 보자."

이렇듯 작별할 제, 신관 사또 전배 예방비장(前陪禮房裨將)이 이 거동 잠깐 보고 방자 불러 묻는 말이,

---

1) 노 젓는 소리 한 마디에 한양을 떠나는 배.
2) 만 갈래나 되는 정회.
3) 중국 진시황 때의 요술쟁이 서불이 동해에 있는 삼신산에 약 캐러 갈 때 소년과 소녀를 싣고 갔다고 함.
4) 중국 춘추 시대의 월나라 재상 범여도 오호의 맑은 바람에 호화선으로 서시를 싣고 오나라로 갔으니, 월나라가 오나라한테 망한 뒤 월나라에서는 서시라는 미인을 오나라의 왕 부차에게 바친 다음 기회를 봐서 복수했다고 함.
5) 구름은 학을 따르고, 학은 구름을 따름. 학과 구름이 친함을 일컫는 말.
6) 흰구름이 쌓이고 쌓임.
7) 정다운 얼굴.

"저 건너 저 노상(路上)에서 청춘 남자 소년 여자 서로 잡고 못 떠나는 거동이 웬일이냐?"

방자 여쭈오되,

"기생 애랑이와 구관 사또의 정비장과 떠나느라고 작별인 줄 아뢰오."

배비장 그 말 듣고 비양하여 하는 말이,

"허랑한 장부로다. 이친척원부모(離親戚遠父母)[8] 천리 밖에 와서 아녀자에 대혹하여 저다지 애걸하니, 체면이 틀리었다. 우리야 만고절색(萬古絶色) 아니라 양귀비·서시라도 눈이나 떠 보게 되면 바색[9]의 아들이다."

방자놈 코웃음치며 여쭈오되,

"나으리도 남의 말씀 수이 마옵소서. 애랑의 은은함 태도와 연연한 안색을 보시면 오목 요(凹) 자에 움을 무어 게다가 세간을 하오리다[10]."

배비장 율기(律己)를 잔뜩 빼며 방자를 꾸짖어 하는 말이,

"이놈, 양반의 정치(情致)를 어찌 알고 경솔히 말을 하는다?"

"그러하오면 황송하오되 소인과 내기하옵시다."

"무슨 내기를 하려느냐?"

"나으리께서 올라가시기 전에 기생에게 눈을 아니 뜨옵시면 소인의 다솔식구(多率食口)가 댁에 가서 드난밥을 먹삽고[11], 만일 저 기생에게 반하옵시면 타신 말을 소인 주기로 하십시다."

---

8) 친척과 부모를 멀리 떠남.

9) 덜된 사람. 바사기.

10) 여자의 성기에 움막을 짓고 그 속에서 살림을 차리리라.

11) 보수 없이 종이 되겠고.

배비장 대답하되,

"그는 그리 하여라. 말 값이 천금이되 내기하고 너 속이랴."

한참 이리할 제 신관 사또 구관 사또 인교(印交)하고 새 사또 도임차도 들어간다. 구름 같은 전후좌차(前後座次) 좌우청장(左右靑杖)[1] 번듯 들고 호들거려 들어갈 제, 삼현수(三絃手)[2]·취타수(吹打手)며 전배(前陪)·후배(後陪)·사령(使令)·군노(軍奴)·삼승(三升)[3]·섭수·노랑홍의[4], 남전대(藍纏帶)[5] 눌러 대고, 인모전립(人毛戰笠)[6]·우렁 삭모(槊毛)[7] 굴깃 달아 날랠 용(勇) 자 작게 붙여 쓰고, 곤장(棍杖)·주장(朱杖) 번듯 들고 쌍쌍이 늘어서서 '예이찌룩 예이찌룩' 좌우로 훤화(喧譁)[8]할 제, 물색 좋은 청일산(靑日傘)[9]에 세악성(細樂聲)[10] 취타성(吹打聲)[11]은 원근산천(遠近山川) 떠들럽게 '니나노 나노 뚜따 쳐르르'.

앵무 같은 고운 기생 연령 맞춰 골라 뽑아 물색으로 단장하여 동문(東門) 안 대도상(大道上)으로 쌍쌍이 늘어서서 청도(淸道)[12] 한 쌍, 순시(巡視)[13] 두 쌍, 오색기치(五色旗幟) 찬란하고,

---

1) 좌우로 가린 푸른 포장인 듯.
2) 거문고·가야금·당비파(삼현)을 연주하는 악사.
3) 좋은 무명으로 지은 군복. 삼승은 몽고에서 나는 베, 섭수는 협수(夾袖)에서 온 말로, 군복의 하나.
4) 홍의는 붉은 옷인 듯하나, 노랑 홍의는 알 수 없음.
5) 남색의 전대.
6) 사람의 머리카락으로 만든 군모(軍帽).
7) 우렁이 모양으로 생긴 상모. 상모는 창이나 기살 끝에 다는 붉은 털.
8) 시끄러움.
9) 푸른 빛깔의 일산.
10) 세악(장구·북·피리·저·깡깡이)으로 연주하는 군악.
11) 취타(나팔·소타·대각·징·북)로 연주하는 군악.
12) 군기(軍旗)의 하나.

전배비장(前陪裨將) 대단철릭(大緞天翼)[14] 관대(冠帶)띠 순은장식(純銀裝飾) 쇄금(灑金)[15]하여 갖은 궁전(弓箭)[16] 비껴 차고, 저모립(猪毛笠)[17] 밀화패영(蜜花貝纓)[18]·은입사(銀入絲) 맹호수(猛虎鬚)[19]를 보기 좋게 꽂아 쓰고, 공주 면주(公州綿紬)[20] 사마치[21]를 가뜬하게 떨쳐 입고, 은안백마(銀鞍白馬) 호피(虎皮) 돋움[22] 덩그렇게 높이 앉아 운종룡(雲從龍) 풍종호(風從虎)[23]라. 승피백운선인(乘彼白雲仙人)[24]들이 이에서 더할소냐.

영무정(永舞亭) 바라보고 산지(山芝)내 얼른 건너 북수각(北水閣) 지나 놓고 칠성(七星)골 너른 길로 관덕정(觀德亭) 돌아들 제, 권마성(勸馬聲)[25]은 새득하고[26] 취타성(吹打聲)은 동지(動地)로다. 인민들은 갈담(喝談)[27]하고 초목조차 굽히는 듯.

전알전(展謁殿)[28]에 사배(四拜)하고 만경루(萬景樓) 도림(到

13) 군기의 하나.
14) 대단으로 지은 철릭. 대단은 중국에서 나는 좋은 비단.
15) 광택이 나도록 닦는다는 말인 듯.
16) 활과 화살.
17) 돼지털로 위를 싼 갓.
18) 밀화 구슬을 꿴 갓끈. 밀화는 호박(琥珀)의 한 가지.
19) 은실을 넣어 장식한 맹호수. 맹호수는 무관의 모자 둘레에 장식으로 꽂는 흰 털.
20) 공주에서 나는 명주.
21) 말을 탈 때 두 다리를 가리는 아랫도리 옷.
22) 호랑이 가죽으로 만든 돋움. 돋움은 두꺼운 깔개.
23) 용 가는 데 반드시 구름이 따르고, 범 가는 데 반드시 바람이 따름. 여기서는 위풍이 당당한 모양을 나타냄.
24) 저 흰구름을 타고 다니는 신선.
25) 말을 부리는 소리.
26) 사죽(絲竹) 같고의 잘못인 듯.
27) 큰소리로 이야기함.
28) 조선 시대 때 관리가 임지에 부임했을 때 임금이나 신에게 아뢰는 집.

臨)할 제, 아이 남녀노소 없이 신관 사또 구경일다.

각방 방임(各房房任)¹⁾ 대솔 군관(帶率軍官)²⁾ · 이노령(吏奴令)³⁾이 사또께 현신(現身)하고 임소(任所)⁴⁾로 각기 돌아오니, 서천(西天)에 일락(日落)하고 동령(東嶺)에 달이 돋아 청풍명월 삼경야(淸風明月三更夜)에 태평기상(太平氣象) 좋은 경이 금야(今夜)가 제일일 듯.

모든 비장들이 여러 기생 차차 골라 다 정하고 방방이 청가단금(淸歌短琴)⁵⁾ 곳곳이 상화(相和)하며 월야에 돌리는 소리 듣기 좋고 처량하다.

이때 배비장은 울울심사(鬱鬱心思) 한가지로 놀고 싶되, 이미 정한 내기 장부일언(丈夫一言)이 중천금(重千金)이라. 내 어찌 변할소냐. 남 노는 것 비양하고 앉았을 제, 여러 비장 동임(同任)들이 배비장을 전하여 전갈(傳喝)하되,

"방자야, 네 예방(禮房)⁶⁾ 나리께 가서 아까새〔俄間〕⁷⁾ 문안 아옵고자 하옵니다 하고, 물색지지(物色之地)⁸⁾ 이곳 와서 수심(愁心)하시니 웬일이오니까 하고, 고향 생각 너무 마옵시고 차중미색(此中美色) 골라 수청하옵고, 사랑 동포 정담하는 것이 장부소일(丈夫消日)이니 이제 돌아오시면 같이 놀겠삽나이다 하고

---

1) 조선 시대 때 지방 관아의 부서인 각 방의 방임. 이방 · 호방 · 예방 · 병방 · 형방 · 공방의 여섯이 있었음. 방임은 각 방의 책임자.
2) 웃사람을 모시는 군관. 군관은 장교.
3) 조선 시대 때 지방 관아의 말단 관리인 서리와 노령.
4) 책임을 맡은 부서.
5) 맑은 노랫소리와 단소와 거문고 소리.
6) 지방 관아의 육방의 하나. 예악 · 제사 · 학교 등의 사무를 맡아봄.
7) 그 동안.
8) 좋은 물건과 미녀들이 많은 곳.

여쭈어라."

방자놈 분부 듣고 예방 나리께 전갈드린다. 배비장 전갈 듣고
회답하되,

"먼저 물어 계시니 기뚜거워하옵니다[9] 하고, 나리께서는 날
과 동시낙양친구(同是洛陽親舊)로서 나의 근본을 모르시니 애닯
소이다 하고, 우리는 본시 구대정남(九代貞男)[10]이라 일정(一定)
잡마음은 없사오니 내 말씀은 마시옵고 게서나 이목지소호(耳
目之所好)[11]와 심지지소락(心志之所樂)[12]을 모두 다 하옵소서 하
고 여쭈어라."

하더니, 무슨 급한 일이나 있는 듯이 방자를 펄쩍 부른다.

"이애 방자야! 방자야!"

"예!"

"지금 기생 차지가 누군다?"

"행수(行首)[13]에 차 질례로소이다."

배비장이 차 질례 불러 분부하되,

"네 만일 지금 이후 기생년들을 내 안전에 비치었다가는 엄
곤(嚴棍)[14]하리라."

분부할 제, 여차곡절(如此曲折)을 사또가 잠깐 들으시고 일등
명기를 부르신다. 기생을 부르되 안책(案冊)[15] 들여놓고 적구

---

9) 기뻐하옵니다.
10) 9대를 이어오면서 절개를 지킨 남자.
11) 듣기 좋고 보기 좋은 것.
12) 마음에 즐거운 것.
13) 기생의 우두머리.
14) 엄한 매로 다스림.
15) 지방 관아에 속해 있는 관원의 명단.

44

(摘句)[1]하던 본새로 부르던 것이었다.

"위서조우(渭城朝雨) 읍경진(浥輕塵)하니 객사청청(客舍靑靑) 유색(柳色)이 사창(紗窓)에 비추었다[2]. 섬섬영자(纖纖影子) 초월(初月)이 차문주가하처재(借問酒家何處在)요 목동이, 요지행화(遙指杏花) 사군불견(思君不見) 반월(半月)이, 독좌유황(獨坐幽篁) 금선(琴線)이, 어주축수(魚舟逐手) 홍도(紅桃), 사시장춘(四時長春) 죽엽(竹葉)이, 얼굴이 곱다 화색(和色)이, 태도 곱다 월하선(月下仙), 줄 풍류(風流)에 봉하운(逢夏雲), 노래 으뜸에 추월(秋月)이, 만당춘광(滿堂春光)에 홍련(紅蓮)이, 적하인간(謫下人間)에 강선(降仙)이, 봉래방장(蓬萊方丈)에 영주선(瀛州仙), 색 즐기는 음덕(陰德)이, 흩은 서방에 탕진(蕩盡)이, 대방 기생에 억란이, 행수 기생에 차질례, 가무수작이 능란하다 제일색에 애랑(愛娘)이 예 등대(等待)하였소."

사또 분부하시되,

"너희 중에 배비장을 흠(欽)하게[3] 하여 웃게 하는 자 있으면 중상(重賞)[4]을 줄 것이니 그리할 기생이 있느냐?"

그중에 애랑이 여쭈오되,

"소녀가 불민(不敏)[5]하오나 사또 분부대로 거행할까 하나이다."

사또 이른 말이,

---

1) 좋은 글귀를 가려 뽑음.
2) 위성에 내린 아침 비에 먼지가 촉촉히 젖으니 객사(여관) 앞에 있는 버들빛이 푸르러진다.
3) 기쁘게.
4) 많은 상.
5) 똑똑하지 못함.

"네 능히 배비장을 훼절(毁節)[6]시킬 재주가 있으면 제주 기생 중에 인재가 있다 하더라."

애랑이 여쭈오되,

"시방춘풍(時方春風)[7] 좋은 때오니, 사또 명일 한라산 화유(花遊)[8]를 하옵시면 배비장을 안차흉계(按此凶計)[9]하오리다."

사또 각방 지방과 의논하고 평명(平明)[10]에 발령(發令)하여 한라산 화유갈 제, 사또 행장 차린 위의(威儀) 볼작시면 용두(龍頭) 새김 주홍남여(朱紅藍輿) 호피(虎皮) 돋움 끼쳐 타고 전월부월(戰鉞斧鉞)[11], 삼영집사(三營執事)[12], 순시영기(巡視令旗)[13] 벌여 꽂고 좌우로 훤화(喧譁) 할 제, 녹의홍상(綠衣紅裳) 미색들은 백수한삼(白繡汗衫)[14] 높이 들어 풍악(風樂) 중에 노닐며 '지야자자' 하는 소리 만수화림(萬樹花林) 중에 육각성(六角聲)[15]을 썩어 띠어 산명수응(山鳴水應)[16] 잦았는데 이조명춘(以鳥鳴春)[17]이라.

온갖 새가 울음 운다. '후루룩 · 벅궁 · 꼬고약 · 꺽 · 푸드득 · 숙궁 · 솟적다 · 떵그렁 · 비비죽 · 부러귀 · 가부락갑죽 · 으흥 ·

---

6) 절개를 무너뜨림.
7) 지금 한창인 봄.
8) 꽃놀이.
9) 흉계를 꾸며 일을 저지름.
10) 밝아올 무렵.
11) 전쟁에 쓰는 도끼와 의식 때 쓰는 나무 도끼.
12) 삼영에 딸린 무관.
13) 순시기와 영기.
14) 흰 비단으로 만든 한삼.
15) 육각(북 · 장구 · 해금 · 피리와 대평소 한 쌍)으로 연주하는 소리.
16) 산과 물에 울려퍼짐.
17) 새가 우는 봄.

접동' 우는 것은 백화산제백조(白花山諸百鳥)[1]요, 벽계잔잔호춘
풍(碧溪潺潺好春風)[2]에 얼클어지고 뒤틀어진 가지 잎잎이 뒤적
이어 우쭐 활활 굼니는 것은 장천녹림수양지(長川綠林垂楊枝)[3]
요, 분류도화황하수(分流桃花黃河水)[4] 격으로 굽이굽이 휘휘 돌
쳐 '우르렁 · 출렁 · 풍풍' 뒤질러 '좌르를 · 킬킬' 흐르는 것은
장천폭포(長川瀑布) 구곡수(九曲水)라. 청산녹수 돌아드니, 만
장봉래(萬丈蓬萊)가 여기로다.

　사또 송하(松下)에 남여 놓고 경개를 살펴보니 영주(瀛州) 사
면 푸른 물결 장천일색(長天一色) 둘렀는데, 쌍쌍백구(雙雙白鷗)
흘리 뜨고 점점어선(點點漁船)은 광하(廣河)에 돛을 달고 골골
이 드나들 제, 청풍적벽(淸風赤壁) 소자첨(蘇子瞻)[5]이 이곳을 보
았더면 적벽강(赤壁江)에 어이 놀며, 등왕각(滕王閣) 악무중(樂
舞中)에 왕발(王勃)[6]이 보았거던 낙하여고목제비(落霞與孤鶩齊
飛)[7]를 여기 와서 읊으리라. 산경수경(山景水景) 영주춘경(瀛州
春景) 무한풍경(無限風景) 술을 부어 감홍로(甘紅露)[8] 계당주(桂
當酒)[9] 취케 먹고 춘풍 겨워 노릴 적에, 배비장은 가장 청고한
체하고, 송정암상(松亭岩上)에 외면 단좌(單坐)하여 남 노는 것
비양하고 글지어 읊되,

---

　1) 온갖 꽃이 핀 산에서 여러 가지 새가 욺.
　2) 잔잔한 시냇물에 불어오는 따뜻한 봄바람.
　3) 긴 개울과 푸른 숲에 가지를 드리운 버들.
　4) 복숭아꽃이 황하에 흩어져 흐르는 것 같음.
　5) 중국 송나라 때의 대무장가인 소식. 자는 자첨.
　6) 중국 당나라 때의 시인.
　7) 해질 무렵에 뜨는 놀과 외로운 오리가 함께 낢.
　8) 소주에 누룩 · 계피 · 귤껍질 등을 넣은 술.
　9) 계피와 꿀을 넣어 만든 소주.

"천장(天長)하니 한양(漢陽)은 노천리(路天里)요[10]. 해활(海闊)하니 영주(瀛州)는 파만경(波萬頃)을[11]. 여화미인(女花美人)은 간초월(看楚越)이요[12], 취롱강산무한경(醉弄江山無限景)을[13]."

이때 배비장이 글을 읊고 무료(無聊)히 앉았다가 우연히 수포동(水布洞) 녹림간(綠林間)을 바라보니, 양안도화(兩岸桃花)[14] 어린 곳에 옥녀(玉女) 일색 일미인이 어릴락 비칠락 백만 교태를 다 부리며 춘광을 희롱할 제, 백포장(白布帳)[15] 녹림간으로 혹출혹입(或出或入)·혹좌혹립(或坐或立)[16], 연롱한수월롱사(煙籠寒水月籠沙) 격으로[17] 이리저리 노는 거동 월계화(月桂花) 명월궁(明月宮)[18]에 월아선녀(月娥仙女) 거니는 듯, 양대(陽臺) 운우(雲雨) 깊은 곳에 무산(巫山) 선녀 노니는 듯[19], 상하의복 활활 벗어 반석상(盤石上)에 올려 놓고 기러기 낙수상망(落水相望) 격으로[20] 물에 풍덩 뛰어들어 노는 거동 아미산(娥眉山) 반륜추월(半輪秋月)[21]이 평강수(平江水)에 잠겼는 듯, 둥굴둥굴 둥

---

10) 하늘이 가없으니 한양 가는 길이 천리요.
11) 바다가 넓으니 제주도 가는 길에 물결이 만경이다.
12) 꽃 같은 미인은 초월(楚越)과 같은 사리라, 나와 아무 상관이 없고.
13) 술에 취하여 무한히 좋은 강산의 풍경을 완상한다.
14) 양쪽 기슭에 피어 있는 복숭아꽃.
15) 푸른 술 사이에 쳐 놓은 흰 포장.
16) 나왔다 들어갔다 하기도 하고 앉았다 섰다 하기도 함.
17) 연기가 찬 물 위에 어리고, 달빛이 모래 위에 내리는 격으로.
18) 월계꽃이 핀 명월궁. 명월궁은 달나라의 궁전.
19) 구름 끼고 비 내리는 양대에서 무산 선녀가 노는 듯. 양대는 중국 사천성에 있는 무산에 있는 봉우리. 초나라 왕이 무산에서 선녀를 만났다는 송옥의 〈고당부(高唐賦)〉에 나오는 이야기.
20) 물 없는 강계 내려서 서로 바라보는 격으로.
21) 중국 사천성에 있는 아미산에 걸린 가을의 반달.

48

근 돌을 굴려 여산폭포(廬山瀑布)¹⁾에 들이친 듯, 별유천지무릉
춘(別有天地武陵春)에 도화유수묘연거(桃花流水杳然去) 격으로²⁾
물결 따라 내려가며 백구(白鷗) 동동 반불침(半不沈) 격으로 이
리 덤벙 저리 덤벙 우르링 출렁 굽히는 거동, 녹파담담(綠波淡
淡) 저 연못에 세우(細雨) 뿌려 젖은 꽃이 구십춘광(九十春光)
때를 만나 부용화(芙蓉花)가 넘노는 듯 온 가지를 교태한다.

맑은 물 한줌 옥수로 담쑥 쥐어 분길 같은 양수를 7, 8월 가지
씻듯 보드득 씻어 보고, 청계하엽(淸溪荷葉)³⁾ 만발한데 푸른 연
잎 뚝 떼어서 맑은 물 담쑥 떠서 호치단순(皓齒丹脣) 물어다가
양치질도 솰솰 하며 왁 토하여 뿜어 보고, 물 한줌을 덤벅 쥐어
연적(硯滴) 같은 젖통이도 씻어 보고, 버들잎도 주르륵 훑어내
려 석양풍에 펄펄 날려 만수(滿水) 잔잔 흐르는 물에 훨훨 띄
워도 보고, 꽃가지도 질끈 꺾어 머리에도 꽂아 보고, 물그림자
보고 솰솰 흩어 화용도수(華容道水)⁴⁾ 노는 고기 관어변(觀魚
邊) 청계상(淸溪上)에 은린옥척(銀鱗玉尺)⁵⁾ 희롱하고, 녹음방
초 청계변에 조약돌로 얼른 집어 양류상(楊柳上)에 왕래하는
꾀꼬리를 아주 툭 쳐 날려도 보고, 흑운같이 채진 머리 솰솰
떨쳐 갈라 내어 구룡토수(九龍吐水) 늙은 용이 물결 뒤쳐 벽화
춘천(碧花春川) 격으로 의후리쳐 틀어 두 손으로 쥐는 양은 금
봉채(金鳳釵)가 좋을씨고. 꼬리 넓은 금붕어가 어변성룡(魚變

---
1) 중국 강서성에 있는 폭포.
2) 봄을 맞은 무릉도원의 별세계에서 복숭아꽃이 물에 떨어져 아득히 내려가는 격으로.
3) 맑은 시냇물에 핀 연꽃.
4) 화용도에 있는 물인 듯. 화용도는 적벽강에서 패주하던 위왕 조조가 촉나라 무장인 관우에게 잡힐 뻔하다 살아난 곳.
5) 크고 싱싱한 물고기.

成龍)[6]하려 하고, 벽파담담(碧波淡淡) 물결 따라 굽이굽이 노니는 듯, 농춘파(弄春波)[7]에 우르렁 출렁 목욕하는 저 거동, 손도 씻고 발도 씻고 등·배·가슴·젖도 씻고 한창 이리 목욕할 제, 배비장이 그 거동 보고 어깨가 실룩 정신을 잃어 구대정남(九代貞男) 간데없고 도리어 음남(淫男)이 되어 눈을 모로 뜨고 숨을 도둑나무하다 쫓긴 듯이 어깨춤에 호흡을 통치 못하며 혼자 이른 말이,

"뉘 여인인지 모르거니와 사람 여럿 굳히었겠다."

하며 그 여자 근본을 듣고 싶으되 묻도 못 하고 헛침만 모두어 삼키며 안간힘만 쓰고 무수히 자탄하되,

"차산(此山)의 좋은 경개 오늘날 모두 보고 비조투림(飛鳥投林)하여 잘새는 날아들고, 어촌낙조(漁村落照)는 석양(夕陽)이 거의로다."

사또 남여 타고 환관(還官)하려 하고 선배(先陪)를 재촉한다. 여러 비장과 기생 하인 들도 일제히 회정(回程)할 제, 배비장은 뒤처질 마음 두고 꾀병으로 배앓는다.

여러 비장 동임(洞任)들이 기수(幾數) 채고서 하는 말이,

"벌써 혹하였구나."

수군거리며 겉인사로 위로한다.

"예방께서는 급곽란(急癨亂)인가 싶으니 침이나 한 대 맞으시오."

"아니오. 침 맞을 병 아니오. 진정하면 낫겠소."

여러 비방들이 웃음을 참고 방자를 불러 이른 말이,

---

6) 물고기 변해 용이 됨.

7) 봄경치를 즐김.

"너의 나으리 병환이 본 병환이라 하시니 진정하여 잘 모시고 오너라."

귀속하고[1], 또 배비장더러 하는 말이,

"이대로 사또께 잘 여쭐 것이니 마음놓고 진정하여 오시오."

"동관(同官)께서 이처럼 염려하시니 감사하거니와, 사또께 미안치 아니하도록 잘 여쭈어 주시기 바라오. 애고 배야."

그중에 동관 하나가 짓궂기가 짝이 없는지라, 배비장 성화를 시키려고 수작한다.

"글랑은 염려 마시오. 사또께서도 동관께서 이런 때 없는 병이 있는 줄 짐작하시는가 봅디다. 들으니 이런 배앓는 덴 계집의 손으로 문지르는 것이 당약(唐藥)이라 하니, 기생 하날 두고 갈 것이니 잘 문질러 보시오."

"아니오. 내 배는 다른 이와 달라서 기생을 보기만 하여도 아프니, 그런 말씀은 내 귀에 다시 마시오. 애고 배야."

"그 배 이상한 배요. 동시낙양지인(同是洛陽之人)[2]으로 천리 밖에 와서 정의가 형제 같은 터에 저처럼 고통하는 것을 혼자 두고 갈 수 있소? 진정되거든 같이 갈 밖에 없소."

"에소, 동관께서는 내 성미를 모르시는가 보외다. 나는 병이 나면 혼자 진정을 해야 속히 낫지, 만일 형제간이라도 같이 있으면 낫기는 새로에 더 아프니, 사람을 살리려거든 제발 덕분어서 가시오. 애고 배야. 나 죽겠소."

"그러시면 갈 수밖에 없으니 혼자 갔다 무정터라 하지 마시오."

<hr>

1) 귓엣말로 이르고.
2) 다 같이 서울 사람.

하고 사또 모시고 환관할 제, 배비장은 그 여인 볼라 급한 마음
에 방자를 부른다."

"방자야, 애고 배야."

"예!"

"이애야, 나는 여기를 오니 취안(醉眼)[3]이 몽롱하여 지척을
못 보겠다. 애고 배야."

"소인도 나으리께서 애쓰시는 것을 보오니 정신이 없습니
다."

"우리 사또 가시는 데 자세히 보아라."

"중대(中臺)[4]에 내려가시오."

"애고 배야, 또 보아라."

"산모퉁이 나섰소."

"애고 배야, 또 보아라."

"수불상견(樹不相見)에 가리었소."

"산회로전(山回路轉)에 불견군(不見君)이라, 내 배 그만 아프
다."

목욕하는 저 여자를 보려 하고 계변화초(溪邊花草) 좁은 길로
몸을 숨겨 가만가만 사뿐 가는 소리로 방자를 부르니, 방자도
그대로 대답하나 말공대는 점점 없어졌다.

"예, 왜 부르우?"

"너 저 고동 좀 보아라."

"그 무엇 있소?"

"이애야, 요란히 굴지 마라. 조용히 구경하자."

_____

3) 술에 취한 눈.
4) 중턱.

　물에 놀고 산에 놀고 백만 교태를 다 부리어 노는 거동 금도 같고 옥도 같다.

　"금이냐, 옥이냐?"

　"저 물이 여수(麗水)¹⁾ 아니어든 금이 어이 나오리까."

　"그러면 옥이냐?"

　"이곳이 형산(刑山)²⁾ 아니어든 옥이 어디 있으리까."

　"금옥 아니면 꽃이냐, 방춘기망(芳春欺罔) 매화(梅花)냐?"

　"동각설중(東閣雪中)³⁾ 아니어든 매화 어찌 피오리까."

　"매화아니면 도화냐?"

　"무릉춘풍(武陵春風)⁴⁾ 아니어든 도화 어찌 피오리까."

　"도화 아니면 해당화냐?"

　"십리명사 아니어든 해당화 어찌 피오리까."

　"그러면 황국단풍(黃菊丹楓)⁵⁾ 국화냐?"

　"구일용산(九日龍山)⁶⁾ 아니어든 황화(黃花) 어이 피오리까."

　"꽃 아니면 용녀(龍女) · 선녀(仙女) · 귀비(貴妃) · 월 서시(越西施)냐?"

　"오호청풍(五湖淸風) 아니어든 월 서시 어이 오며, 온천수(溫泉水)⁷⁾ 아니어든 귀비 목욕 어이할까?"

---

　1) 중국 형남이란 곳에 있는 강. 이 강에서 금이 난다고 함.
　2) 중국에 있는 산 이름. 초나라의 변화란 사람이 이곳에서 옥을 얻었다고 함.
　3) 눈 덮인 동각. 동각은 동쪽에 지은 집.
　4) 무릉의 봄. 무릉은 신선이 산다는 중국의 전설적인 지명.
　5) 노란 국화와 단풍.
　6) 9월 9일의 용산. 9월 9일은 중양절이라 해서 국화를 감상하는 풍속이 있었는데, 이날 진(晋)나라의 맹가가 용산이란 곳에서 용산지회(龍山之會)를 베풀었음.
　7) 온천물. 여기서는 당나라 양귀비가 목욕했다는 여산의 궁.

"서시 · 귀비 제 아니면 입안혼미(入眼魂迷) 불여우냐? 여우 아니라 악호(惡狐)라도 사생결단 혹하겠다. 애고애고, 날 죽인다."

"나으리, 무엇을 보고 저다지 미치십니까. 소인의 눈에는 아무것도 아니 보입니다."

"이놈아, 저기 저기 저 건너 백포장 속에 목욕하는 저것을 못 본단 말이냐?"

"예, 나는 나으리께서 무엇을 보시고 그리 하시나 하였지요. 옳소이다. 저 건너 목욕하는 여인 말씀이오니까?"

"옳다. 보았단 말이냐? 쌍놈의 눈이라 양반의 눈보단 대단히 무디구나."

"예, 눈은 반상(班常)[8]이 다르니까 소인의 눈이 나으리 눈보담 무디어 저런 비례(非禮)의 것이 아니 뵈옵니다마는, 마음도 반상이 달라 나으리 마음은 소인보담 컴컴하고 음탐(淫貪)하여 남녀 유별 체면도 모르고 규중 처녀 은근히 목욕하는 것을 욕심내어 눈을 쏘아 구경한단 말씀이오니까? 근래 서울 양반들 양반 자세(藉勢)하고 계집이라면 체면 없이 욕심낼 데 아니 낼 데 분간없이 함부로 덤벙이다 봉변도 많이 당합디다. 유부가인(有夫佳人)[9] 약수에 목욕하면 허물없이 일가친척 은근히 묻었다가 무례한 타인 남자 버릇 없는 눈치 알고 일시에 냅다 치면 꼼짝 없이 보리만 탈 것이니, 저 여자를 볼 생각 생의(生意)도 마오."

배비장 방자한테 무안 보고 하는 말이,

"다시는 아니 본다. 그러나 그것을 보면 정신이 갈리어 아무

8) 양반과 상놈.
9) 유부녀.

리 아니 보려 하여도 지남석(指南石)에 날 바늘 케이듯 눈이 가
끔 그리로만 간다."

　방자 보다가,

　"저 눈!"

　베비장이,

　"나 아니 본다."

하면서도 그 여인에게로만 눈이 가는지라, 잠시 꾀를 내어 방자
불러,

　"방자야, 저 경(景) 좋다. 서으로 살펴보아라. 부상삼백척(扶
桑三百尺)[1]에 불 같은 일모경(日暮景)이 그 아니냐. 동으로 또
보아라. 약수삼천리(弱手三千里)[2]에 춘색이 묘연한데 일쌍청조
(一雙靑鳥)가 날아든다. 남으로 또 보아라. 대해망망천리파(大
海茫茫千里波)에 대붕(大鵬)이 비진(飛盡)하여 수여람(水如藍)에
푸른 물결 요식봉강(邀飾峰崗) 둘러 있다. 북으로 또 보아라. 청
천삭출금부용(靑天削出金芙蓉)[3]이요, 진국명산(鎭國名山)이 저
기로다. 중앙을 쳐다 보아라. 백로 탄 여동빈(呂洞賓)[4]·고래
탄 이적선(李謫仙)이 기경비상천(騎鯨飛上天)[5]하는구나."

　방자 거짓 속는 체하고 가리키는 데로 살펴보니 배비장은 그
동안 여인 보는지라, 방자 그 거동을 보고,

　"저 눈 일낼 눈이로고."

---

1) 멀고 먼 저기. 부상은 본래 해 뜨는 동쪽에 있다는 나무.
2) 약수는 본래 중국 서쪽에 있다는 강. 길이가 3천 리나 되며 부력이 어찌나 약한지 기러
　기 털도 뜨지 못한다고 함.
3) 푸른 하늘에 우뚝 솟은 금빛의 연꽃 봉오리.
4) 당나라 사람. 종남산에서 수도한 후 학을 타고 다녔다고 함.
5) 당나라 시인 이태백은 고래를 타고 하늘로 올라갔다고 함.

배비장이 깜짝 놀라 두 손으로 눈을 가리며,

"나 안 본다. 염려 마라."

한참 이리 할 제, 방자 뜻밖에 기침 한번 칵 하닌 저 여인이 놀라는 체하고 몸을 옴쭉 소스라쳐 물 밖으로 뛰어나와 속곳 치마 뭉쳐 안고 백포장 녹림간으로 얼른 뛰어드는 양은 삼오야(三五夜)[6] 밝은 달이 구름 속에 들어간 듯. 배비장 게만 보다가 눈이 컴컴 어안이 벙벙 정신 잃고 앉았다가 하는 말이,

"이놈, 네 기침 한번 낭패로다."

이처럼 자탄하다가,

"이애, 방자야."

"예!"

"네 저 백포장 밖에 가서 문안 한번 드리고 그 여인께 전갈하되, 차산 과객(此山過客)이 화유등림(花遊登臨)타가 행역(行役)에 노곤(勞困)하고 기갈이 자심하니 혹 음식 있거든 기한(飢寒)을 면하게 구급(救急)을 시키압기 천만 바라옵니다 하고 여쭈어라."

방자놈 여쭈오되,

"나는 죽으면 죽었지 그 전갈 못 가겠소. 부지초면에 전갈하고 남의 여자에게 음식 달라다가는 난장박살(亂杖撲殺) 탕국에 어열밥 말아먹기 쉽겠소."

배비장 무료하여 하는 말이,

"이애 방자야, 만일 맞을 지경인데 매는 내 맞을 것이니 너는 들어 내빼려무나."

---

6) 음력 15일.

방자놈 하는 말이,

"나으리 정경을 보오니 몽치 바람에 죽는대도 그리 할 수밖에 없소."

하고, 설렁설렁 가만가만 건너가서 헛절 한 번 하고,

"쉬 애랑아, 배비장이 벌써 네게 혹하였으니 무슨 음식 있거든 좀 차려 다구."

애랑이 웃고 음식 차릴 제, 산중귀물(山中貴物)로 정갈하게 차리것다.

대모(玳瑁) 쟁반[1] · 금채화기(金彩花器)[2] 벌여 놓고, 빛 좋은 청유백분(淸油白粉) · 두견화전(杜鵑花煎) 한 접시 소담하게 담아 놓고, 붉은 홍시 홍산백산(紅山白山) 벌여 놓고, 동정추파(洞庭秋波) 맑은 술 자라병에 가득 넣어 옥수(玉手)로 내어주며 이른 말이,

"너의 나으리 무례하나 기갈이 자심타기 이 음식 보내노니 그도 먹고 너도 먹고 양인대작산화개(兩人對酌山花開)라[3]. 일배일배부일배(一盃一盃復一盃)에 양인이 포식한 후 그곳 잠시 있지 말고 군자견기이작(君子見機而作)이라 하니 속거속거(速去速去)하라. 미구에 큰 탈 날라."

그 사연하고 음식 올리니, 배비장이 절씨구나 하고 음식받아 앞에 놓고 칭찬하여 가로되,

"겉볼안이라 하니 내 이러할 줄은 알았거니와, 저 감에 이빨

---

1) 대모로 만든 쟁반.
2) 금빛으로 꽃무늬를 놓은 그릇.
3) 두 사람이 서로 마주 앉아 권커니 잡거니 하면서 술을 마시고 있는데 산꽃이 피기 시작하는구나. 한 잔 한 잔 또 한 잔 마시는 사이.

자국이 웬 것이냐?"

방자놈 여쭈오되,

"그 여인이 감꼭지를 이로 물어 빼옵디다."

배비장 탈기(奪氣)하여 껄껄 웃으며,

"이 음식 너 다 먹어라. 나는 감 하나만 먹겠다."

방자놈이 짓궂이 감을 집으며 하는 말이,

"이빨 자국 난 것이라, 그 여인의 침이 묻어 더러우니 소인이
나 먹겠소."

"이놈, 기막힌 소리 말아라. 이리 다구."

빼앗아 껍질째 감식(甘食) 후에 그 여인께 답 전갈하되,

"이 같은 좋은 음식을 보내셔서 잘 먹었습니다 하고, 또 무례
하온 말씀이오나, 천생양(天生陽)하고 지생음(地生陰)하니, 음
양배합(陰陽配合)은 인개유지(忍皆有之)라. 방탕한 화류객이 홀
등차산(忽登此山)하여 탐화봉접(探花蜂蝶)의 마음을 지지우지지
(知之又知之)하옵소서 하고 여쭈어라."

방자가 다녀와서 하는 말이,

"그 여인이 답례불청(答禮不聽)하고 큰 탈 날 것이니 속거속
거하라 하옵디다."

배비장이 무료하여 탄식하며,

"하릴없다. 내려가자."

침소로 돌아와서 주소(晝宵)[4] 생각이 그 여인을 못 잊어 신음
상사(呻吟相思)하는 말이,

"한라산 맑은 정기를 제가 모두 타고나서 그리 고이 생겼는

---

4) 밤낮.

고. 못 잊어서 한이로다. 동방(洞房)[1]이 적막한데 임 생각 그지
없다. 춘풍에 우는 새는 회포를 머금은 듯, 정제(庭除)[2]에 푸른
물은 별루(別淚)[3]를 뿌리는 듯, 신음 상사병이 골수에 깊이 들
어 청춘원혼(靑春冤魂) 되겠으니, 북당에 학발양친(鶴髮兩親) 춘
규(春閨)에 홍안처자(紅顔妻子) 다시 보기 어려워라. 애고, 이
일을 어찌 할꼬."

이처럼 애걸하다,

"에라, 죽더라도 말이나 한번 하여 보고 죽으리라."

결심하고 방자 불러 간청한다.

"이애, 방자야."

"예, 부르셨습니까."

"이애, 이리 좀 오너라. 나는 또 죽을병이 들었구나."

"무슨 병환이 드셨기에 그처럼 신음하십니까? 패독산(敗毒
散)[4]이나 모두 굴러, 두어 첩 잡수어 보십시오그려."

"아닐다. 패독산 먹을 병 아닐다."

"그러면 망령병환(妄靈病患)이 드셨나 보외다그려. 망령병에
는 당약이 있습지요."

"무슨 약이란 말이냐?"

"젊은 양반 망령에는 홍두깨를 삶아 먹는 것이 당약이라 하
옵디다."

"아닐다. 내 병에는 약이 있다마는 얻기가 좀 어렵구나."

---

1) 잠자는 방.
2) 섬돌 아래.
3) 이별의 눈물.
4) 감기와 몸살에 먹는 한약.

"그 무슨 약이기에 그처럼 어렵단 말씀이오니까. 하늘의 별도 따는데요."

"이애. 그 말만 들어도 속이 시원하다. 그러면 내가 살고 죽기는 네 손에 달렸으니 날 좀 살려다구."

"아따, 이거는 누가 죽이오. 어서 말씀이나 하시오 그려."

"이애, 너는 아다시피 작일 한라산 수포동(水布洞) 녹림간에 목욕하던 여인 보고 자연 병이 되어 죽을 지경이로구나. 그 여자 좀 보게 하여주려무나."

"팔결[5]이오. 그 여자 규중에 내외가 깊었으니 만나볼 길 전혀 없소."

배비장 무료하여 하는 말이,

"하릴없다. 고담(古談)이나 얻어 오너라."

하더니, 하릴없이 남원 부사(南原府使) 자제 이도령이 춘향 생각하며 글 읽듯 하는가 보더라.

《삼국지》·《구운몽》·《임경업전》 다 후리쳐 버리고《숙향전》 내어놓고 보아 갈 제,

"숙향아, 숙향아, 불쌍하다. 그 모친이 이별할 제 악아 악아 잘 있거라. 배고플 때 이 밥 먹고 목마르거든 이 물 먹고 죽지 말고 잘 있거라. 애고, 어머니 나도 가세. 아서라, 다 던지고 녹림간 수포동에 목욕하던 그 여자 가는 허리 담쑥 안고 놀아 볼까."

방자놈이 옆에 있다 하는 말이,

"나는 그게 《숙향전》으로 알았더니, 상푸둥[5] 《수포동전(水布

洞傳)》이오그려."

배비장 하는 말이, 가끔 말이 그리로만 간다 하며,

"이애, 방자야. 너와 나와 종요지담으로 말하자. 그 여자가 음식 차려 보낸 것을 보니, 궐녀(厥女)<sup>1)</sup>도 내게 불무심(不無心)이라, 혹시 일이 안 되어도 언급이나 하여 보자."

"얻다가 언급을 하여 보아요?"

"그 여인에게."

"어림없소. 그 여인 성정이 악남(惡男)이오. 절개가 도구하니 그런 생의는 부디 마오."

배비장이 방자를 잡고,

"되나 못 되나 편지 써 줄 것이니, 일만 되면 구전(口錢) 300냥을 상금으로 너를 주마."

방자놈 구전 주마는 말을 듣고 관문(官門)<sup>2)</sup> 속에서 졸업한 놈이라, 돈냥이나 얻을 생각으로 지그시 미대는 수작으로 나온다.

"소인은 그 편지 못 가지고 가겠습니다."

"이애, 그게 무슨 말이냐? 내가 천리 밖에 와서 통정하고 지내는 하인이 너밖에 또 누가 있느냐?"

"예, 소인이 나으리께 정리로 말하면 수화라도 모피(毛皮)<sup>3)</sup>를 아니하올 마음이오나 소인이 그렇지 못할 사정이 있습니다."

"응, 무슨 사정이란 말이냐?"

"소인이 세 살에 아비는 죽삽고 늙은 어미께 길러져 열 살부터 방자 구실을 하니, 한 달에 관가에서 주시는 것이라고는 돈

---

1) 그 여자.
2) 관청문.
3) 피하려고 마음먹음.

두 냥뿐이오니, 갖은 심부름에 신발값이나 되옵니까. 먹기는 각
방 나리님네 진지 대궁[4]이나 얻어서 어미와 연명하는 터이올시
다. 소인 사정 이러하오니 사불여의(事不如意)하여 소인 죽고
사는 것은 원통치 아니하오나, 병신 되어 나으리도 모실 수 없
삽고 늙은 어미를 얻어 먹일 수 있습니까? 생각을 하온즉 그런
위태한 거동 못 하겠삽나이다."

"글랑은 염려 마라. 만일 매를 맞을 지경이면 너 낫도록 하여
줄 것이요, 네 늙은 어미는 내가 먹여살릴 것이니 염려 마라."
하며 궤문을 덜컥 열더니 돈 100냥을 내어주며 하는 말이,

"이것이 약소하나 네 어미 갖다 주어 약식이나 팔아 먹으라."
하고 배비장 지성으로 간청을 한다. 방자 못 이기는 체하고 여
쭈오되,

"그러면 편지나 잘 써 내시오."

배비장이 크게 기뻐하여 편지 써서 방자 주며 백번이나 당부
하여 이른 말이,

"일이 되고 안 되기는 네 수단에 달렸으니, 부디 눈치 있게
잘 드려라."

방자 편지 갖다 애랑 주니, 그 서사(書辭) 첫 비두(飛頭)[5]에
하였으되,

"제막(濟幕) 걸덕쇠(乞德釗)[6]는 돈수재배(頓首再拜)하옵고 공
감일봉서(恐敢一封書)를 낭자(娘子) 전에 부치나니, 슬프다 이
내 몸이 호탐자(好貪者)로 공명불성(功名不成)하여 영주도(瀛州

---

4) 밥찌꺼기.
5) 편지글 첫머리.
6) 제주도에 와 있는 무관. 구걸하는 사람이란 뜻으로 지은 이름.

島) 수천 리에 남의 편비(扁裨)[1] 되어 와서 물색에 뜻이 없고 기암절승(奇岩絶勝)을 안하(眼下)에 희롱터니, 작일 등유(燈遊)하여 한라산 화전(花煎)놀이 하고 녹림간 회로(回路)중에 옥안을 잠깐 보고 입안혼미(入眼魂迷) 돌아와서, 욕망이난망(欲忘而難忘)이요 불사이자사(不思而自思)로다. 식불감미(食不甘味)하고 와불면(臥不眠)하여 골수에 병이 드니, 장탄식(長歎息)·단장성(斷腸聲)은 탁문군(卓文君)[2]의 회심사(懷心思)라. 낭자화개신(娘子花開身)도 매일장춘(每日長春) 젊었을까. 부득장춘(不得長春) 절로 늙어 홍안이 백수(白首) 되면, 시호시호부재래(時乎時乎不再來)[3]라, 다시 젊기 어려워라. 상사고(相思苦)에 깊이 든 병 신농씨(神農氏)[4] 백초약(百草藥)이 무령(無靈)토다. 낭자 일신 양각산중(兩脚山中) 보신탕(補身湯) 약을 빌어 도중고객(島中孤客)을 살리소서. 수절고행(守節高行) 부질없고 활인적덕(活人積德)으뜸이니, 장부생사(丈夫生死)는 재랑자(在娘子)하고 낭자허신(娘子許身)은 재일언(在一言)이니, 일언으로 결장부생사(決丈夫生死)하소서. 만단비회(萬端悲懷)를 일필난기(一筆難記)로다. 총망중 잠[5] 적사오니 세세참상(細細參商) 있은 후 답장하옵기를 복걸(伏乞) 갱복걸(更伏乞)이라."

하였더라. 방자 애랑더러 이른 말이,

"이애, 답장을 하되 너무 허수이 말고, 진드기 좀 켸어 하여

---

1) 보잘것없는 비장.
2) 중국 한나라 때의 부호 탁왕손의 딸. 탁문군이 과부가 되었는데, 상여가 타는 거문고 소리에 반해 그날 밤 몰래 집을 빠져나와 상여의 아내가 되었다고 함.
3) 세월아 세월아, 다시 오지 않는다.
4) 중국에서 처음으로 의술을 펴냈다는 전설적인 제왕.
5) 잠깐.

라."

애랑의 답장을 맡아다 주니, 배비장이 편지를 두 손으로 받아 대학지도(大學之道)[6]나 읽는 듯이 잔뜩 꿇어앉아 무수히 진퇴를 하다가 보니 그 사연에 하였으되,

"애중첩신(哀中妾身)은 답서일편(答書一片)을 제막탑하(濟幕榻下)에 부치나니, 불면부지중(不面不知中)에 서사(書辭) 상통(相通)이 오활(迂闊)토다. 욕망난망(慾望難忘)이 괴이(怪異)하고 부치나니 불사이자사(不思而自思)가 가소롭다. 병환을 모르거든 신병소약(身病所藥)[7] 내 왜 알며, 보신탕을 내 알던가. 탁문군(卓文君)을 희롱하니 미친 호걸 또 있던가. 군자는 인신(人臣)으로 옛글을 모르시오. 사군충(事君忠)과 종부지절(從夫之節)은 천지지상경(天地之上經)이요, 고금지통의(古今之通義)어늘, 남의 정절 앗으려 하니 충절유무(忠節有無)를 어차가지(於此可知)로다. 또한 유부녀 뜻한 일은 절통구박(切痛懼怕)에 사연이 무궁오활(無窮迂闊)토다. 미친 인사는 취심퇴거(取心退去)하라."

배비장이 보아 가다가 퇴(退) 자에 깜짝 놀라,

"대사거의(大事去矣)[8]로다. 다보아 무엇하리. 애고 이 일을 어찌 할꼬. 도중원혼(島中冤魂)되겠구나."

방자 곁에 섰다가,

"여보 나으리, 실심 마시고 그 아래를 보시오. 연(然) 자가 있소그려."

6) 사서(四書) 중 하나인 《대학》의 첫 귀절.
7) 병에 사용하는 약.
8) 큰일이 다 망쳤음.

배비장이 다시 보아 가다가,

"옳다, 연(然) 자의 뜻 알았다."

"연(然)이나 연이나 장부후신(丈夫厚身)으로 유아이득병(由我而得病)타 하니, 기의가긍(其意可矜)이라. 나는 규중첩신(閨中妾身)으로 출입을 임불(任不)하니 상봉이 극난이라. 월락심야(月落深夜)에 벽헌당(碧軒堂)을 찾아와서 은근히 내입즉여군동침(來入則與君同枕)하려니와, 약실자처(若失此處)면 기신생사(其身生死) 위혜(危兮)로다. 만일 오실 터면 가내번거(家內繁去)하고 계견(鷄犬)이 다다(多多)하니 북창(北窓) 헌 틈으로 연보유경(蓮步猶輕)하여 신지신지(愼之愼之)하라."

하였더라. 좋을씨고 쾌병(快病)하다. 강호에 병이 들어 덧없이 죽겠더니, 낭자 회답이 반갑도다. 삼경에 기약 두고 해지기만 바라더니 석양이 다 져 간다.

빙자 입시(入侍) 보내고 빈 방 안에 문을 닫고 그 여자에게 잘 보이려고 다시 의관(衣冠)을 차릴 적에, 외올 망건(網巾)·정주 탕건(定州宕巾)·쾌자(快子)[1]·전립(氈笠) 관대(冠帶) 띠에 패(佩)[2] 동개를 제법 하고, 빈방 안에 혼자 우뚝 서서 도깨비 들린 듯이 혼잣말로 두런거리며 습의(習儀)[3]하고 하는 말이,

"가만가만 걸어가서 여자 문전에 들어서며 기침 한번을 가만히 하면 그 여인이 기수 채고 문을 펄쩍 열렷다. 걸음을 한번 대학지도로 이리 걸어 들어가 수인사후(修人事後)에 대천명(待天命)이라 하니, 여자에게 한번이되 군례(軍禮)로 뵈렷다."

---

1) 옛날 군복의 한 가지.
2) 허리에 동개를 참. 동개는 활과 화살을 넣는 가죽주머니.
3) 행동을 미리 연습함.

한창 이리 습의할 제, 방자놈이 뜻밖에 문을 펄쩍 열며 하는 말이,

"나으리, 무엇하오?"

배비장 깜짝 놀라,

"너 벌써 왔느냐?"

"예, 군례 전에 대령하였소."

"이놈, 내 깜짝 놀라 바로 땀이 난다."

하며 패등개한 채로 썩 나서니, 오제산월락(烏啼山月落)하고 어화수(漁火水)에 불 비친다[4]. 전계(前溪)에 인귀(人歸)하고 춘풍에 학이 운다. 전 기약 맺은 낭자 차야 중에 어서 가자. 거들거려 갈 제 방자놈 이르는 말이,

"나으리 소견 바이 없소. 밤중에 유부녀 통간(通姦) 가오면서 금의야행(錦衣夜行)으로 저리 하고 가다가는 될 일도 못 될 것이니, 그 의관 다 벗으시오."

"벗기는 초라하구나."

"초라커든 가지 마옵시다."

"이애야, 요란히 굴지 마라. 내 벗으마."

활짝 벗고 알몸으로 서서,

"어떠하니?"

"그것이 원 좋소마는, 누구 보면 한라산 매사냥꾼으로 알겠소. 제주 인물 복색으로 차리시오."

"제주 인물 복색은 어떤 것이냐?"

"개가죽 두루마기에 노펑거지를 쓰시오."

---

4) 달이 진 산에 까마귀 울고 고기잡는 불빛이 물에 비친다.

"그것은 과히 초라하구나."

"초라하거든 그만두시오."

"그리하단 말이로다. 개가죽 아니라, 도야지 가죽이라도 내 입으마."

하더니, 구록피(狗鹿皮) 두루마기에 노펑거지를 쓰고 나서서 앞 뒤를 살펴보며,

"이애야, 범 보면 개로 알겠다. 군기총(軍器銃) 하나만 내어 들고 가자."

"무섭거든 가지 마옵시다."

"이애야, 그러하단 말이로다. 네 성정 그러한 줄 몰랐구나. 정 못 갈 터이면 내 업고라도 가마."

배비장 뒤를 따라 가며 하는 말이,

"기약 둔 사랑 여자 어서 가 반겨 보자."

서입죽창(西入竹窓) 돌아들어 동편송계(東便松階) 다다르니, 북창에 밝게 켠 불 고등(孤燈)은 일점이요, 야색은 삼경이라. 높은 담 궁궐 찾아가서 방자 먼저 기어들며,

"쉬, 나으리 잘못하다가는 일날 것이니, 두 발을 한데 모아 묘리(妙理) 있게 들이미시오."

배비장이 방자 말을 옳에 듣고 두 발을 모아 들이밀자, 방자 놈이 안에서 배비방의 두 발목을 모아쥐고 힘껏 잡아당기니, 부른 배가 딱 걸려서 들도 나도 아니하는지라, 배비장 두 눈을 희게 뜨고 이를 갈며,

"좀 놓아다고!"

하면서, 죽어도 문자(文字)는 쓰는 것이었다.

"포복불입(飽腹不入)하니 출분이기사(出糞而機死)로다[1]."

　방자 안에서 웃으며 탁 놓으니, 배비장이 곤두박질하여 일어
앉으며 하는 말이,

　"매사(每事)가 순리로 아니 되니 대패(大敗)로다. 산모(産母)
의 해산법으로 말하여도 아해를 머리부터 낳아야 순산이다 하
니, 내 상투를 들이밀 것이니 잘 잡아 다려라."

　방자놈이 배비장 상투를 노펑거지 쓴 왈칵 잡아당기니, 아무
리 하여도 나은 줄 모르겠다. 사지부생(死地復生)이라, 원명(元
命)이 재천(在天)이로다. 뺑 하고 들어가니 배비장이 아프단 말
도 못 하고,

　"어허, 아마도 내 등에는 꼰질곤자판[2]을 놓았나 보다."

　그리할 제 방자 여쭈오되,

　"불 켠 저 방으로 들어가서 욕심대로 얼른 잠깐 하고 날 새기
전에 나오시오."

하고, 은신하여 엿본다.

　배비장이 일변 좋기도 하고 일변 조심도 되어 가만 가만 자취
없이 들어가서 이리 기웃 저리 기웃, 문 앞에 가서 사뿐사뿐 손
가락에 침을 발라 문구멍을 뱌비작뱌비작 뚫고 일목(一目)으로
견지(見之)하니, 삼경 등화(燈火)에 앉은 저 여인 연재이팔(年纔
二八) 고운 태도, 컨불 등화 밝다 한들 너를 보니 어두운 듯, 피
는 도화 곱다 하되 너를 보니 무색한 듯, 저 여인 거동 보소. 김
해 간죽(金海簡竹) 백동관(白銅管)에 삼등초(三等草)를 서뿐 담
아 청동화로 백탄(白炭)불에 사뿐 질러 빨아 내니, 향기로운 담

---

　1) 배가 불러 들어갈 수 없으니, 똥싸고 거의 죽겠다.
　2) 고누판. 고누는 땅바닥이나 종이에 장기판 비슷하게 말판을 그리고 승부를 가리는 놀이.
　　여기서는 잔등이 이리저리 긁혔다는 뜻.

68

뱃내가 일조향등생자연(一條香燈生紫烟)[1]의 붉은 안개 피어 돋
듯, 일점 이점 풍기어서 창구멍으로 돌아나오니, 그 담뱃대를
손으로 움키어 먹다가 생 담뱃내가 코구멍으로 들어가서 재채
기 한 번을 악칵 하니, 저 여인이 놀라는 체하고, 문을 펄쩍 열
뜨리고,

"도적이야!"

소리하니 배비장이 겁결에,

"문안드리오."

저 여인이 보다가 하는 말이,

"화호불성(畫虎不成)이로고. 아마도 뉘 집 미친개가 또 잘못
들어왔나 보다."

전반으로 한번 지끈 치니, 배비장 하는 말이,

"나 개 아니오."

"그러면 무엇이니?"

"배 걸덕쇠요."

저 계집 웃고 나서며,

"이 밤 기약의 님이 왔네. 손목 잡고 들어가서 자리 하고 불
을 끄세."

양인이 의복을 활활 벗고 원앙금침에 두 몸이 한 몸 되어 사
랑 동포 좋을씨고. 풍류 없는 네 발 춤이 삼경 달에 춤을 춘다.
대단(大緞) 이불 속으로 일진풍(一陳風)이 일어나며 양각산중
알심못에 일목주룡(一目朱龍)이 굽이 치며 백화담담 물결친다.

"항문보(肛門洑) 터지겠다."

---

1) 담뱃대에서 한 가닥의 향기로운 보랏빛 연기가 남.

한창 이리 노닐 적에, 방자놈이 언성을 변하여 고함하고 들어가며,

"불 켜 놓고 문 열어라. 항문볼랑은 내 막으마."

소리하니, 저 여인 놀라는 체 일신을 떨며 황황할 제 방자놈 언성 높여,

"요기(妖氣)롭고 고이한 년, 내 몸 하나 움쩍하면 문 앞에 신네 짝 떠날 날이 없으니, 어느 놈과 둘이 미쳐서 두런두런하느냐. 이 연놈을 한 주먹에 쇄골박살(碎骨撲殺)하리라."

장담하고 들어오니, 배비장 혼겁하여 황황하나 외문집이라, 도망할 수 바이 없어 알몸으로 이불 쓰고 여자더러 이른 말이, 죽어도 문자는 쓰던 것이었다.

"야장과반(夜將過半)에 내호개문(來呼開門)하니, 호령자(號令者)는 수야(誰也)오?"

저 여인 답하되,

"오가출두천(吾家出頭天)이오."

"그게 본부낭군(本夫郎君)이요? 성품이 어떠한고?"

"성정은 제일 악남(惡男)으로 미련키는 도척(盜跖)[2]이요, 기운은 항우(項羽)[3] 같고, 술 즐기고 새암 발라 제 마음에 화를 내면 백주발검(白晝拔劍) 칼 쓰기를 홍문연(鴻門宴) 번쾌(樊噲) 방패(防牌) 쓰듯, 상산(常山) 조자룡(趙子龍)[4] 장창(長槍) 쓰듯, 공중용검(空中用劍) 휙 지르면 맹호(猛虎)라도 쇄골하고 철벽(鐵壁)이라도 뚫어지니, 그대 말고 옛날 장비(張飛) 복판 떼는

---

2) 중국 춘추 시대에 있었던 유명한 도적.
3) 중국 진나라 말기의 무장. 뒤에 초패왕이 됨.
4) 중국 촉한의 장수. 상산에서 태어났다고 해서 흔히 상산 조자룡이라고 함.

범강(范江) · 장달(張達)[1]이라도 삼아 보기는 틀렸으니, 불쌍한 그대 목숨 날로 하여 죽게 되니, 내가 죽고 살릴 터면 그 아니 살려 줄까."

배비장 애걸하며 이른 말이,

"옛날 진궁녀(秦宮女)는 형가(荊軻)의 큰 주먹에 소매 잡혀 죽을 진왕(秦王) 탄금(彈琴)하여 살렸으니, 낭자도 의사 내어 날 살리게, 제발 덕분 날 살리게."

저 계집 흉계 꾸며 큰 자루는 언제 하여 두었던지 가로 아구리를 벌리며,

"여기나 드시오."

"거기는 왜 들어가라오?"

"그리 들어가면 자연 살 도리가 있으니 어서 바삐 드시오."

배비장이 절에 간 새악시 모양이라, 반색(反色) 못 하고 들어가니, 그 계집이 배비장을 자루에 담은 후 자루 끝을 모두어 상투에 감아매어 등잔 뒤 방구석에 세워 놓고 불 켜 놓으니, 저놈이 왈칵 문을 열며 서뿐 들어서 사면을 둘러보더니,

"저 방구석에 세워 둔 것이 무엇이냐?"

"그것은 알아 무엇할라오?"

"이년아, 내가 물으면 대답을 할 것이지, 반색이 무엇이냐. 주리방망이 맛을 보고 싶어서."

저 계집 골을 내어,

"거문고에 새 줄 달아 세웠습네."

저놈이 눙치는 체하고,

---

1) 중국 촉한의 날랜 장수였던 장비를 죽인 범강과 장달.

"응, 거문고여? 그러면 좀 쳐 보세."

하며 대꼭지로 배부른 통을 탁 치니, 배비장이 질색하며 아프기는 측량없으되 진짜 거문고인 체하고 자루 속에서,

"둥덩 둥덩."

"그 거문고 소리 장비 웅장하고 좋다. 대현(大絃)을 쳤으니 소현(小絃)을 또 쳐 보리라."

냅다 코를 탁 치니,

"둥덩 지덩."

"그 거문고 이상하다. 아래를 쳐도 위에서 소리가 나고, 위를 쳐도 위에서 소리가 나니 괴상하다."

저 계집 대답하되,

"무식한 말 하지도 마오. 옛적 여화씨(女媧氏)[2] 적에 생황(笙簧) 오음육률(五音六律)을 내실 적에 궁상각치우(宮商角徵羽)를 청탁(淸濁)으로 울리오니 상청음(上淸音)도 화답(和答)이랍네."

이놈이 옳게 듣는 듯이,

"네 말이 당연하다. 세사(世事)는 금삼척(琴三尺)이요, 생애(生涯)는 주일배(酒一杯)라. 사정강상월(射亭江上月)이요, 동각설중매(東閣雪中梅)라[3]. 술 한 잔 날 권하고 줄 골라라. 오늘 밤에 놀아 보자. 내 소피 하고 들어오마."

하고, 문 밖에 나와 서서 기척 없이 귀를 기울이고 엿듣는다.

배비장 자루 속에서 가만한 소리로 하는 말이,

"여보오, 궐자(厥者)가 거문고를 좋아하는 수가 분명 내어 볼

---

2) 중국에서 음악을 처음 펴냈다고 하는 전설적인 여인.

3) 세상 일은 석 자밖에 되지 않는 거문고 소리만 못하고 인생은 술 한 잔만 못하다. 서쪽 정자에 달이 떠오르고 동쪽 누각에는 눈 속에 매화가 피어 있다.

듯하니, 다른 데로나 이사 좀 시켜 주오."

저 여인 거동 보소. 웃목에 놓인 피나무궤를 열고,

"예나 바삐 드시오."

배비장 궤를 보고 문자는 놓지 아니하고 쓰던 것이었다.

"체대궤소(體大櫃小)하니 하이은신(何以隱身)고?"

저 계집 하는 말이,

"그 궤가 밖으로 보기는 적사오나 속이 넓어 은신(隱身)할 만하니, 잔말 말고 바삐 드시오."

배비장 하릴없이 궤문 열고 두 눈 감고 들어가니 굽도 접도 못 하여서 몸을 곱송그리고 생각하니,

'한시하고 설운지고. 이놈의 흉계를 어찌 알리. 날 같은 호색남자 궤 중에 고혼(孤魂) 되기로 누구를 원망하리.'

저 여인 궤문 닫고 쇠 채우니, 함정에 든 범이요, 우물에 든 고기로다. 답답 궤 중 어찌 살리. 이렇듯 자탄할 제 저놈이 다시 들어오며 하는 말이,

"아무것도 흥황(興況) 없다. 내 아까 눈이 절로 스르르 감기면서 꿈을 꾸니 백수노인(白首老人)이 나를 불러 이르되, 네 집의 거문고와 피나무궤가 있느냐 하시기로 내 말이 있노라 한즉 그 노인 가로되 금신(金神)이 혈입궤중(穴入櫃中)하여 무수작란(無數作亂)하니, 그 궤가 유즉여가망(有則汝家亡)이요, 무즉여가흥(無則汝家興)이라 역력히 현몽(現夢)하니 저 궤를 불에 소화(燒火)하리라. 짚 한 동 갖다 불 놓아라."

이때 궤 속에서 배비장 그 말 듣고 탄식하되,

"이제는 바로 화장한다. 이 일을 어찌할꼬."

저 계집도 악을 쓰며 하는 말이,

"조상에서 전래해 온 기물이라. 소중한 저 궤 속에 업귀신(業鬼神) 들어 있어 우리 집 여러 식구 먹고 이고 쓰고 남게 하는 업궤(業櫃)올세. 불사르진 못하오리."

이놈이 화를 내어 하는 말이,

"네 행실 저러하니 너 데리고 못 살겠다. 가장집물(家藏什物) 귀치 않고 절색소첩(絕色少妾) 너도 싫다. 업궤 하나 가졌으면 내 어디 가서 못 살소냐."

하더니 그 궤를 걸머지고 나서면서 이른 말이,

"이년, 본부구정(本夫舊情) 날 버리고 간부신정(間夫新情) 네 취하니, 가대(家垈) 차지 잘 살아라."

저 여인 궤를 붙들며 하는 말이,

"업궤는 임자가 가져가고 나는 폐가(廢家)하라는가. 이 궤는 못 놓겠네. 가대 차지 임자가 하고 업궤란 나를 주소."

저놈 하는 말이,

"그럴 터면 양편이 가난치 않게 이 업궤 한가운데 먹줄 맞춰 갈라 내어, 한 토막씩 가졌으면 그 아니 평균할까. 톱 대어라, 갈라 보자."

하더니 대톱 들여 마주 잡고,

"다리어라. 톱질이야, 슬근슬근 다리어라. 행실부정(行實不正) 몹쓸 년을 내 모르고 두었더니 오늘이야 알았구나. 월로결승(月老結繩) 처음 연분 이 톱으로 잘 켜 보자. 이 궤를 갈라 내어 웃도막은 너를 주고, 아랫도막 내 가지면, 나는 소부(小富) 되고 너는 대부(大富) 되어 분복(分福)대로 각기 살자. 이 톱 바삐 다리어라."

좌르르 쏼쏼 점점 내려가니, 배비장 궤 속에서 아뿔싸 벌써

톱밥이 드는데, 인제는 요참(腰斬)할 판이라 겁결에,

"여보소 미련하오. 하룻밤을 자도 만리성을 쌓는다는데, 살던 계집 그 궤 모두 주오. 도막 자르면 반실(半失) 아니 되오?"

이놈이 톱 내던지고 하는 말이,

"아뿔사 업궤신이 도생(倒生)하여 인사(人事)가 되었으니 화침(火針)으로 찌르자."

하고, 끝 좋은 가락꽂이를 불에 달구어 쑥 찌르니, 배비장의 왼편 눈으로 내려온다.

배비장 기가 막혀 아뿔싸, 인제는 통제사를 하나 보다. 죽기는 일반이니 악이나 써 보리라 하고,

"아무리 무식하기로 눈망자가 중보가 아니오?"

이놈이 화침을 내던지고 하는 말이,

"에그 궤신(櫃神)이 저 상할 줄 미리 알고 애걸하니 정상이 가긍(可矜)이라. 제 몸 상치 않게 궤째 져다 물에 넣으리라."

하고, 질빵 걸어 궤를 지고 문을 열며 썩 나서서 노래하되, 상두꾼의 소리로 하는 것이었다.

"워 너머차 너호 어와. 원산(遠山)에 안개 돌고, 근촌(近村)에 닭이 운다. 워 너머차 너호. 양곡(兩谷)에 젖은 안개 월봉(月峰)으로 돌아든다. 워 너머차 너호. 어장촌(漁庄村)[1]에 개는 짖고 회안봉(回雁峰)에 구름 떴다. 동방을 바라보니 명성일점(明星一點) 샛별 뜨고 벽해천리(碧海千里) 그늘진다. 고고천변(高高天邊) 일륜홍(日輪紅)은 부상(扶桑)에 둥실 높이 떴다. 워 너머차 너호 어와. 이 궤를 져다 저 물에 들이칠까?"

---

1) 어촌.

이처럼 지고 가며 소리하니, 어디서 한 자(者)가 나서며 하는
말이,

"게 네 진 것이 무엇이냐?"

"업궤로세."

"그 궤 내게 파시오."

"사다 무엇 하시려오?"

"업궤신(業櫃神) 자지가 장질병(長疾病)에 약이라니 사다가
자지만 베고 놓겠습네."

배비장 궤 속에서 이 말 듣고 그중에 좋아라고 혼자 생각하
되, 밑천은 없어도 목숨만 살았으면 하고 소리 질러 하는 말이,

"여보, 그 뉘신지는 모르거니와, 그 흥정 놓치지 마시오. 성
에랑은 내 하오리."

이놈이 궤를 져다 사또 계신 동헌(東軒) 마당에다 벗어 놓으
며, 가장 물에다 갖다 넣는 듯이 경계하여,

"궤중귀신(櫃中鬼神) 네 들어라. 네 죄목(罪目) 만사무석(萬死
無惜)이라, 창파중(滄波中)에 띄우리니 속거천리(速去千里) 멀리
가거라."

하고, 찬물[2]에다 띄우는 듯이 물을 갖다 옆에 놓고 궤 틈으로
부으면서 흔들흔들 정신 일게 요동(搖動)하니 배비장이 생각하
되,

'궤가 벌써 물에 떴다. 물이 들면 가라앉으리니, 인제는 신체
도 못 찾을네.'

하면서 궤중에서 탄식한다.

---

2) 진짜물.

'못 보겠다. 못 보겠다. 천리 고향 백발 부모 홍안처자 못 보겠다. 이 물 속에 죽다 한들, 멱라수(汨羅水)[1] 아니어든 굴원(屈原)의 소절(素節) 되며, 오강수(吳江水)[2] 아니어든 자서(子胥)의 충절 될까. 이름 없고 남 모르게 탐색망신 죽게 되니 내 아니 잡놈인가. 이런 때 배나 지나가면 목숨이나 살아 볼까.'

이처럼 탄식할 제, 사또 하인 불러 분부하되,

"너희들이 일시에 배 지나가는 듯이 소리하라."

하인들이 삼문(三門)을 삐득삐득 곤장을 뚝딱거리면서 '어이어차' 소리하니, 배지장 궤 속에서 반겨 듣고 궁리하여 생각하되,

'삐득삐득 하는 소리는 닻 감는 소리요, 출렁출렁하는 소리는 노 젓는 소리로다. 강동(江東)으로 가는 배 장한(張翰)[3]인가 날 살리오. 500인 싣고 입해도중(入海島中) 빨리 가는 배 서불(徐市)인가 날 살리소. 기경태배(騎鯨太白) 소식 듣고 풍월 실어 가는 저 배 초강어부(楚江漁夫)냐 날 살리소. 임술추(壬戌秋) 적벽강(赤壁江)에 범주유(泛舟遊) 너 왔느냐. 소자첨(蘇子瞻)아 날 살리오. 청산만리 함께 가자. 일고주(一孤舟)야 날 살리소. 원포고범(遠浦孤帆) 지나는 배 이 궤 실어 날 살리소.'

궤중고함(櫃中高喊) 긴 소리로,

"저기 가는 저 배 말 좀 묻세."

곁에 있던 사령놈 사공인 체하고 썩 나서며,

---

1) 중국 호남성에 있는 강. 초나라의 굴월이 회왕을 섬겼으나 간신의 모함으로 강남에 귀양 갔다가 멱라수에 빠져 자살했음.
2) 오자서가 월나라 왕 부차의 노여움을 사서 죽음을 당한 강.
3) 중국 진나라 사람. 높은 벼슬을 했는데, 가을이 되자 고향이 강동의 순나물국과 노어회가 생각나 벼슬을 그만두고 돌아갔다고 함.

"무슨 일이오?"

"거기 가는 배가 어디 배람나?"

"제주 배람네."

"무엇 실었습네?"

"미역 · 전복 · 해삼 실었습네."

"가지 말고 내 말 듣게."

"어 무슨 말인가?"

"이 궤 좀 실어다가 죽을 사람 살려 주시오."

한참 이리 수작할 제, 한 자가 나서며 하는 말이,

"무변 대해 저 수중에 궤중언성(櫃中言聲) 괴이하다. 우리 배에 부정 탈라. 상앗대로 떠밀치라."

배비장 하는 말이,

"나 잡것 아니오. 사람이니 살려 주오."

"사람이거든 거주성명을 일러라."

"제주에 배 걸덕쇠요."

한 자가 나서며 이른 말이,

"제주라 하는 곳이 물색지지(物色之地)라, 분명 유부녀 통간(通姦) 갔다가 저 지경이 되었지?"

"예 옳소. 뉘신지 모르거니와 참 압니다."

하고 그중에도 좋아라고 하는 말이,

"하늘이 도우신가 헌원씨(軒轅氏) 배를 두어 이제불통(以濟不通)하온 뜻은 날 살리란 배 아닌가. 물에 죽을 나의 목숨 살려 적덕(積德)이니, 적덕으로 날 살리오."

그 자가 하는 말이,

"우리 배에는 부정탈까 못 올리겠고, 궤문이나 열어 줄 것이니, 능히 헤어갈까?"

"글랑은 염려 마오. 내가 용산(龍山) 삼개[1] 왕래할 제 개헤엄 낼이나 배웠소."

"이 물은 짠물이라 눈에 들면 멀 것이니 감고 헤어야 하오."

"눈은 생전 멀지라도 목숨이나 살려 주오."

그 자가 하는 말이,

"그럴 지경이면 눈이 멀지라도 날 원망을 마시오."

하고, 함정같이 잠긴 금거북쇠를 툭 쳐 열어 놓으니 배비장이 알몸으로 썩 나서며 그래도 소경 될까 염려하여 두 눈을 잔뜩 감으며 이를 악물고 왈칵 냅다 짚으면서 두 손을 허우적하여 갈 제, 한 놈이 나서며,

"이리 해라."

한참 이 모양으로 헤어갈 제, 동헌(東軒) 대뜰에다 대궁이를 딱 부딪치니, 배비장이 눈에 불이 번쩍 나서 두 눈을 뜨며 살펴 보니, 동헌에 사또 앉고 대청(大廳)에 삼공형(三公兄)이며 전후 좌우에 기생들과 육방관속 노령배(奴令輩)가 일시에 두 손으로 입을 막고 참는 것이 웃음이라. 사또 웃으면서 하는 말이,

"자네 저것이 웬일이고?"

배비장 어이없어 고개를 숙이고 여쭈오되,

"소인의 친산(親山)이 동소문(東小門) 밖이옵더니 근래 곤손 풍(坤巽風)이 들어 이 지경 되었나이다."

목사 웃고 의복 내어 입히더라.

---

1) 마포.

# 작품 해설

　조선 시대 때의 소설로, 지은이와 집필 연대는 알려져 있지 않다.
　이 작품은 조선 시대의 지배 계급에 속하는 중류 계급의 위선적이며 호색적인 생활을 풍자하고 있다.

　제주 목사를 따라간 배비장은 바람을 피우지 않겠다고 한 아내와의 약속을 지켜 여자들을 일체 가까이하지 않았다. 그러나 그를 유혹해 보라는 사또의 명을 받고, 그에게 접근한 애랑의 교태 앞에서는 어쩔 수 없이 정신이 빠져 깊은 사랑을 했다.
　어느 날 밤 둘이 함께 누워 있다가 애랑이 미리 마련한 계책대로, 본 남편이 온 것같이 하자 배비장은 알몸으로 궤짝 속에 숨었다. 남편으로 변장한 관청 하인은 궤짝 때문에 재수가 없으니 바다에 버리겠다고 큰소리를 치며 이를 목사가 있는 관청 앞마당에 갖다 놓고 이리저리 흔들며, 파도 소리와 뱃노래를 들려 주었다. 그러자 배비장은 속절없이 죽는 줄로만 알았다.

이리하다가 그를 어느 사공이 구해 주는 척하고 소금물이라 짜니 눈을 꼭 감고 나오라는 말을 하자 벗은 몸으로 엉금엉금 관청 마당을 기다가 댓돌에 부딪쳐 큰 망신을 당했다.

이 작품의 목판본은 없고 활판본이 1920년에 출간되었다. 고본(藁本)은 75장의 전사본(轉寫本)으로, 여기 수록된 것은 그중 59장으로 내용의 절정 부분까지이다. 60장 이후는 문장과 어법을 볼 때 후대 사람들의 덧붙임이 분명하므로 제외했다.

# 이춘풍전

　　숙종대왕(肅宗大王)[1] 즉위 초에 인화세풍(人和世豊)하고, 국
태민안(國泰民安)이라. 우순풍조(雨順風調)하고, 가급인족(家給
人足)하여 산무도적(山無盜賊)하고 도불습유(道不拾遺)하니 요
지일월(堯之日月)이요, 순지건곤(舜之乾坤)이라.
　　이때 서울 다락골에 한 사람이 있으되 성은 이(李)요, 이름은
춘풍(春風)이라. 형세가 요부(饒富)하여 장안의 거부로서 다만
혈육이 춘풍뿐이라. 양친이 매우 사랑하여, 교동(嬌童)으로 길
러 내니 인물이 옥골(玉骨)이요, 헌헌장부(軒軒丈夫)라, 남인과
달라 못할 일이 없더라.
　　그렇듯 지내다가 부모가 일시에 구몰(俱沒)하니 춘풍이 망극
하여 삼상(三喪)을 마친 후 강근지친(强近之親)이 없어 춘풍을
경계할 자(者) 없으매 춘풍이 오입하며 하는 일마다 방탕하고

---

1) 조선 제19대 왕. 숙종의 재위시 조정에는 당파 싸움이 가장 치열했는데, 특히 남인과 서
　인의 싸움이 심했고, 장희빈을 중심으로 왕비 민씨를 쫓아낸 사건이 일어났음.

84

세전지물(世傳之物) 누만금을 탕진할 제, 남북촌 오입장이와 한 가지로 휩쓸려다니며 호강하며 주야로 노닐 적에 모화관(慕華館) 활쏘기와 장악원(掌樂院)[1] 풍류하기 산영에, 바둑두기·장기·골패(骨牌)·쌍륙(雙六)·수투전(數鬪牋)[2]·육자배기·사시랑이·동동이·엿방망이하기와 아이 보면 돈주기, 어른 보면 술대접하여, 고운 양자, 맑은 소리, 맛 좋은 일년주(一年酒)며, 벙거짓골[3]·열구자탕(悅口子湯)[4]·너브할미[5]·갈비찜에 일일 장취(日日長醉) 노닐 적에 청루미색(靑樓美色) 달려들어 수천금을 촌각에 없이하니, 천하 부자 석숭(石崇)[6]인들 그 무엇이 남을손가. 티끌같이 날아가고 진토같이 마르니, 전에 놀던 청루미색도 피해 가더라.

춘풍이 하릴없어 제집에 돌아와 제 처더러 하는 말이,

"가빈(家貧)에 사현처(思賢妻)[7]라 옛글에 일렀건만 애고 이제 어찌할꼬."

가련하다, 춘풍 아내 하는 말이,

"여보소, 내 말 듣소. 대장부 되어나서 문무간(文武間)에 힘을 써서 춘당대(春塘臺) 알성과(謁聖科)에 문무 찰예하여 계수화(桂樹花)[8]를 숙여 꽂고 청라삼(靑羅衫) 떨쳐 입고 영화 뵈고

---

1) 조선 시대 때 음률의 교열을 맡아보던 관아. 태조 원년에 생겨 고종 21년에 폐지했음.
2) 투전이나 골패노름의 한 가지.
3) 전골을 지지는 그릇. 무쇠나 곱돌 같은 것으로 벙거지를 잦혀 놓은 것과 비슷하게 만들었음.
4) 신선로에다 끓인 맛있는 음식.
5) 저며 양념해서 구운 쇠고기.
6) 중국 진(晋)나라 때의 부호이며 문장가. 항해와 무역으로 엄청나게 많은 돈을 벌었다고 함.
7) 집안이 가난해지면 어진 아내의 내조를 생각함.

후세에 이름 내어 장부의 사업을 하면 패가를 할지라도 무엄치
나 아니할꼬. 그렇지 못하면 치산(治産)을 그치 말고 농업을 힘
써서 처자를 굶기지 말고 의식이나 호강하며 지내다가, 말년에
이르러서 자식에게 전장(傳庄)하고 내외가 종신토록 환력평생
(還曆平生)하게 되면 그도 아니 좋을손가. 부귀공명 마다하고
이녘이 어찌 굴어 부모의 세전지물(世傳之物) 일조일석 다 없애
고, 수다한 노비·전답 뉘에게 다 전장하고 처자를 돌아보지 않
고 주지탐색(酒池貪色) 수투전 주야로 방탕하여 저렇듯이 되었
으니 어이하여 살잔 말고. 마오 마오 그리 마오. 주색잡기(酒色
雜技) 좋아 마오. 자고로 오입한 사람 뉘 아니 탕패(蕩敗)한가.
내 말 잠깐 들어 보소. 미나릿골 이패두(李牌頭)는 청루미색 즐
기다가 나중에 신세 글러지고, 동문 밖의 오청두(吳廳頭)도 투
전잡기 즐기다가 말년에 걸인 되고, 남산골 화진(花眞)이도 소
년의 부자로서 주색잡기 즐기다가 늙어서 그릇 죽고, 모시전골
김부자(金富者)도 술 잘 먹고 허랑하기 장안에 유명터니 수만금
을 다 없애고 기름장사 다닌다네. 일로 두고 볼지라도 주색잡기
다시 마오."

　이렇듯이 만류하니 춘풍이 대답하는 말이,

　"자네 내 말 들어 보소. 사환(使喚) 대실이는 술 한 잔을 못
먹어도 돈 한푼을 못 모으고, 이 각동이는 50이 되도록 주색을
몰랐어도 남의 집 사환을 못 면하고, 탑골 복동이는 투전·골패
몰랐어도 수천금을 다 없애고 굶어 죽었으니, 일로 볼작시면 주
색잡기하다가도 못 하는 이 별로 없네. 자네 차차 내 말 잠깐

---

8) 임금이 장원에게 내리는 계화.

들어 보소. 술 잘 먹는 이태백(李太白)도 노자작<sup>1)</sup> 앵무배(鸚鵡杯)
로 백년 3만 6천 일 일일수경(一日須傾) 삼백배(三百杯)<sup>2)</sup>에 매일
장취하였어도 한림학사(翰林學士) 다 지내고, 자골전 일손이는
주색잡기하였어도 나중에 잘 되어서 일품(一品) 벼슬하였으니,
일로 볼지라도 주색잡기 좋아하기 남아의 상사(常事)로다. 나도
이리 노닐다가 일품 벼슬 하고 이름을 후세에 전하리라."

이렇듯 허탕하여 조석을 이룰 수 없이 탕진한지라. 춘풍이 하
릴없이 그제야 회과자책(悔過自責) 절로 나서 아내에게 사과하
고 지성으로 비는 말이,

"자네 부디 노여워 마오. 자네 부디 서러워 마오. 내 마음 생
각하나니 각금시이작비(覺今是而昨非)<sup>3)</sup>로세. 이왕지사(已往之事)
고사하고 가난하여 못 살겠네. 어찌하면 좋단 말고. 오늘부터
가중범사(家中凡事)를 자네에게 맡기리니, 자네 임의로 제가(齊
家)하여 의식이나 줄이지 말게 하소."

춘풍의 처 하는 말이,

"부모 조업 누만금을 주색에 다 없애고 이 지경이 되었으니,
이후에 혹시 침재 · 길쌈 · 방직하여 돈푼을 모을지라도 그 무엇
을 아낄손가."

춘풍이 대답하되,

"자네 말이 내 행세를 믿지 못하니, 이후 주색잡기 말기로 수
기(手記)를 써 줌세."

지필(紙筆)을 내어 수기를 쓰는구나.

---

1) 가마우지를 새긴 술잔.
2) 하루에 술을 300잔을 기울여 마심.
3) 어제의 잘못과 오늘의 옳음을 깨달음.

'모년 모월 모일 기위전수기(記爲傳手記)⁴⁾라. 우수기(右手記) 단(段)⁵⁾ 오입 방탕하기로 선세 조업 누만금을 청루잡기로 진산(盡散)하고 각금시이작비하고서 회개(悔改)에 막급이라. 차일(此日) 후로 가중지사를 진부어실 김씨(金氏)하거온〔爲遣焉〕⁶⁾ 김씨 치산 후로는 누만금지재(累萬金之財)라도 진시(眞是) 김씨 재요, 가부(家夫) 이춘풍은 일푼전(一分錢) 일두속(一斗粟)을 불부담당지지로 여시(如是) 수기하오니, 일후에 약유(若有) 잡기지패(雜技持牌)어든 지차수기(持此手記)하고 관변정사(官卞政事)라. 증필(證筆)에 가부 이춘풍이라."

책명(策名)하여 주니 춘풍 아내 거동 보소,

"수기 말씀이 지차수기하고 관변정사라 하였으나, 가장(家長) 걸어 송사(訟事)할손가."

춘풍이 이 말 듣고 수기를 고쳐,

'차여중(此如中) 김씨전 수기(金氏前手記)라. 종금 이후(從今以後)로 역유잡담(亦有雜談)이거든 가위(可謂) 비부지재라. 지차문기빙고사(持此文記憑考事)라.'

하여 주니, 김씨 받아 함롱에 넣어 두고 이날부터 치가하더라. 침새·길쌈 능란하다. 오 푼 받고 새버선 짓기, 서 푼 받고 새 깁볼 박기, 두 푼 받고 한삼(汗衫) 짓기, 서 푼 받고 헌 옷 깁기, 너 돈 받고 창옷⁷⁾ 짓기, 닷 돈 받고 도포(道袍)하기, 엿 돈 받고 천익(天翼) 짓기, 일곱 돈 받고 금침(衾枕)하기, 한 냥 받고 돌

---

4) 수기를 기록하여 전함.
5) 이두의 '은(는)'. 이두는 한자의 음과 훈을 빌려 우리말을 적던 것으로, 조사·어미·부사를 비롯하여 특수 용어를 한자의 훈과 음을 빌려 나타내던 방법임.
6) 이두의 '하므로'.
7) 소창옷. 중치막 밑에 있는 웃옷의 하나로, 두루마기와 같은데 소매가 좁고 무가 없음.

찌누비, 석 냥 받고 기웃누비, 두 냥 받고 바지누비, 너 냥 받고
관복지며, 겨울이면 무명나이, 여름이면 삼베길쌈, 가을이면 염
색하기, 이러큼 사시장철 주야로 쉴새 없이 4, 5년을 모은 돈을
장변이면 월수 놓아 수천금을 모았고나. 의식이 넉넉하고 가세
가 풍족하여 그럴 것이 바이 없다.

이때에 춘풍이 아내 덕에 의복관망(衣服冠網) 치레하고 고량
진미(膏粱珍味)[1] 함포고복(含哺鼓腹)하여 제집 술로 매일 장취
하는구나. 가래침 고두 받고 곤자손[2] 기름지니 마음이 교만하
여 이전 행실 절로 난다.

떨떨이고 내달아서 호조(戶曹) 돈 2천 냥을 대돈으로 얻어 내
어 박물군자(博物君子)인 체하고, 평양으로 장사 가려 하니 춘
풍 아내 거동 보소. 이 말 듣고 크게 놀라 춘풍더러 하는 말이,

"여보시오, 서방님, 내 말 잠깐 들어 보소. 20전에 부모 조업
탕진하고 그 사이 5년을 결단하고 앉았다가 물정(物情)도 소리
(疏離)하데 평양 장사 가지 마오. 평양 물정 내 들었소. 번화 사
치하고 분벽사창(粉壁紗窓)[3] 청루미색, 단순호치(丹脣皓齒) 반
개(半開)하고 청가일곡(淸歌一曲)으로 교태하여 돈 많고 허랑한
자는 제 세워 두고 벗긴다데. 평양 물정 이렇다니 부디 장사 가
지 마오."

지성으로 만류하니 춘풍이 하는 말이,

"나도 또한 사람이지. 20년 전 패가하고 원통하기 골수에 박
혔으니 천금진산환부래(千金盡散還復來)[4]라 하였으니, 낸들 매

---

1) 살찐 고기와 좋은 곡식으로 만든 맛있는 음식.
2) 소의 똥구멍 속에 있는 창자의 한 부분.
3) 하얗게 꾸민 벽과 깁으로 바른 창이라는 뜻으로, 아름다운 여자가 거처하는 곳.

양 패가할까. 속속히 다녀옴세."

춘풍 아내 이르는 말이,

"연전에 치패(致敗)하여 일푼전 일두속을 참견 아니할 뜻으로 비부지자(鄙夫之子)라 수기 써서 내 함롱에 넣었거던 그 사이 잊었는가. 의식을 내게 믿고 편안히 앉아 먹고 부디부디 가지 마오."

춘풍이 이 말을 듣고 크게 화를 내어 어질고 착한 아내 머리채를 선전시전(縇廛市廛)5) 비단 감듯, 상전시전 연줄 감듯, 사월 초파일 등대 감듯6), 뱃사공의 닻줄 감듯 휘휘칭칭 감아 쥐고 이리 치고 저리 치며,

"천리 원정(遠征) 장사길에 요망한 계집년이 잔말을 이리 하니 이런 변 또 있는가."

제 아내 윽박지르고 집안 재물 다 떨어서 말에 싣고 떠날 전에, 불쌍하다 춘풍 아내 아무리 한들 말릴소냐. 무간할러라.

이때 춘풍이 2천 500냥 삯말 내어 실어 놓고 발행할 제, 좋은 말 반부담에 갖추 차려 호피(虎皮)도움 높이 하고 내려가더라.

의기양양 내려갈 제, 연소문(延詔門) 얼른 지나서 무학재(舞鶴峴) 바로 질러 평양 길 내려갈 제 청석골(靑石洞) 다다르니, 정신이 쇄락하여 좌우 산천 바라보니, 이때 춘삼월 호시절이라. 골 고을에 꽃은 날려 청파에 던지고, 수양(垂楊)은 천만사(千萬絲)에 황앵(黃鶯)이 날아들고, 온작 산수 구경한다. 황성천도벽 사월에 창오원 중 늙은 고목 주유 낙일 절벽 간에 임을 그려 상

---

4) 천금의 많은 돈을 흩어 쓰고 나면 다시 돌아온다는 뜻.
5) 비단을 팔던 가게로, 한양이 도읍으로 정해진 뒤 맨 먼저 생김.
6) 음력 사월 초파일에 관등놀이할 때에 등을 달기 위해 세운 긴 대를 감듯.

사나무, 옥조 중랑 춘분 춘하 이월중난 계수나무, 층암절벽에 펑퍼진 반송(盤松)나무, 늘어진 양류(楊柳)는 춘풍에 흥겨워서 우줄우줄 춤을 춘다.

또 한편을 바라보니, 무슨 짐승 노닐더냐. 춘알새랑 창경새는 꽃을 따려 하고, 포곡조(布穀鳥)는 최춘종(崔春種). 춘풍은 가는 말을 재촉하고, 옥동도화(玉洞桃花) 만수춘(萬樹春)은 가지가지 봄빛이라. 피는 꽃 푸른 잎은 산색(山色)을 가리우고, 나는 나비와 우는 새는 봄철을 희롱한다.

동선령(洞仙嶺)을 바삐 넘어 황주(黃州) 병영(兵營) 구경하고, 중화(中和)로 평양을 바라보고 형제교(兄弟橋)를 얼른 지나고 십리장림(十里長林)을 지나서 대동강에 다다라 모란봉 쳐다보니, 그 아래 부벽루 둘러 있고 물색도 좋을씨고. 대동문 연광정(練光亭) 제일 강산이 여기로다. 기자(箕子)·단군 2천 년의 보통문(普通門) 유전(遺傳)일다. 정자도 좋거니와 영명사(永明寺) 극히 좋다. 성안에 들어서니 인간도 번성하고 물색도 번화한다.

춘풍의 거동 보소. 최성루 돌아들어 좌우 산길 구경하고, 또 한편 바라보니 옛 생각이 절로 난다. 이런 변이 또 있는가. 청루(靑樓) 앞을 썩 지나서 객사(客舍) 동편에 숙정하고, 열두 바리 실어 온 돈 차례로 들여놓고 3, 4일 유숙하며 물정을 살피더니, 하루는 난간에 의지한 채 한 집을 바라보니 집 치레도 좋거니와 저 집 주인 거동 보소. 평양일색 추월(秋月)이라. 얼굴도 일색이요, 노래도 명창이요, 연광은 15세라. 성중의 호걸손(豪傑客)과 팔도의 소년 한량(閑良) 한번 보면 수삼백씩 쓰기를 물 같이 하는구나.

이때 서울 부상대고(富商大賈) 이춘풍이 수천 냥 싣고 와서 뒷집에 주인했단 말을 듣고, 추월이 넌짓 춘풍을 홀리려고 벽계수(碧溪水) 청류상에 사창(紗窓)을 반개하고 표연한 교태로 녹의홍상(綠衣紅裳) 다시 입고 천연히 앉은 모양 춘풍이 얼른 보니 얼굴 태도 청천명월(靑天明月) 같고, 모란화 아침 이슬에 반쯤 핀 형상이요, 그 절묘한 맵시는 해당화가 그늘 속의 그림이요, 월궁(月宮)의 항아(姮娥)[1]로다.

천생 생긴 태도는 앵도화가 무르녹고 아미산(峨眉山)[2] 반륜월(半輪月)이 맑은 강에 비침 같고, 서시(西施)[3]가 부생(復生)이요, 양귀비(楊貴妃)[4] 다시 온 듯, 청루상에 홀로 앉아 오동복판(梧桐腹板) 거문고를 무릎 위에 얹어 놓고 탁문군(卓文君)을 꾀어 내던 사마상여(司馬相如) 봉황곡(鳳凰曲)[5]을 둥흥동 동지동당 타는 소리에 춘풍의 심신이 황홀하여 미친 마음 절로 난다. 제가 본디 계집이라 하면 화약 한 짐을 지고 모닥불에 보금자리 치고 괴발에 덕석[6]이라. 일신의 정신 있는 대로 모두 그리 간다.

춘풍의 거동 보소. 좋은 의복 금사전의(錦紗氈衣)에 혼반(婚班) 찾듯, 자미시에 걸승(乞僧) 찾듯, 삼국 풍진 요란할 제 한종실(漢宗室) 유황숙(劉皇叔)이 와룡 선생 찾아가듯, 서왕모(西王

---

1) 달 속의 궁전에 살고 있다는 선녀.
2) 중국 사천성 서북쪽에 있는 산. 중국 4대 명산 중 하나임.
3) 중국 월나라의 미인.
4) 중국 당나라 현종의 귀비. 현종의 총애를 받아 일족의 부귀 영화를 누리다가 안녹산의 난에 죽음.
5) 사마상여는 중국 한나라 때의 부호 탁왕손의 딸. 사마상여는 촉나라의 성도 사람이고, 봉황곡은 사마상여가 과부가 된 탁문군을 유혹할 때 읊은 곡명.
6) 고양이가 짚덕석을 밟으면 발톱에 붙어 잘 떨어지지 않음을 서로 잘 친함을 비유한 말.

母) 요지연(瑤池宴)에 주목왕(周穆王) 찾아가듯, 위수변(渭水邊)의 강태공(姜太公)을 주문왕(周文王)이 찾아가듯, 공명(孔明)이 청병(請兵)하러 강동(江東)으로 찾아가듯, 도연명(陶淵明)이 심양(潯陽)으로 찾아가듯, 기러기 동정호(洞定湖)로 찾아가듯, 꾀꼬리 양류목(楊柳木)을 찾아가듯, 봉접(蜂蝶)이 꽃밭을 찾아가듯, 맹상군(孟嘗君)의 갈짓자 걸음으로 중문(中門) 안에 들어서니 추월의 거동 보소.

춘풍이 오는 양을 얼른 보고 옥안(玉顔)을 번 듯 들어 계하(階下)에 내려서서 춘풍의 나삼(羅衫)을 부여잡고 난간에 오른지라. 좌우를 살펴보니 집 치레도 황홀하다. 사면 팔자 입 구(口) 자로 육관 대청 전후퇴에 2층 난간 맵시 있다.

방 안을 살펴보니 각장(角壯) 장판 소란(小欄)[1] 반자 국화 새긴 완자창(卍字窓)과 산수병(山水屛) · 운무병(雲霧屛)의 미인도(美人圖)가 아름답다. 묵화로 죽엽(竹葉)쳐서 벽장문에 붙여두고, 원앙금침 잣베개를 자리장에 개어 놓고 분벽주련(粉壁柱聯)[2] 둘러보니 동중서(董仲舒)의 책문(策文)이며 제갈양(諸葛亮)의 출사표(出師表)[3]며 적벽부(赤壁賦) · 양양가(襄陽歌)를 귀귀마다 붙였구나.

놋촛대 광명두리 여기저기 놓여 있고, 요강 · 타구(唾具) · 재떨이며, 청동화로 · 소박화로 · 삼층들이 화류장(花柳欌)을 드문듬성 벌여 놓고, 벼루상의 양두머리 장목비며 용담 · 백담 · 화

---

1) 반자를 정(井) 자 여럿을 모은 것처럼 소란을 맞추어 짜고, 그 구멍마다 네모진 널조각의 개판을 한 베개.
2) 흰 칠을 한 벽과 기둥에 장식으로 그림이나 글씨를 넣어 걸치는 물건.
3) 전쟁이 일어나 싸우러 나갈 때 그 뜻을 적어 임금에게 알리는 표.

문석에 계자다리, 옷걸이 좋은 의상 내려두고 추월의 거동 보소.

추파(秋波)를 반만 들어 영접하여 앉은 모양 곱고 아리따운 팔자춘산(八字春山) 두 눈썹에 반분대(半粉黛)⁴⁾를 다스리고, 삼단 같은 머리채를 휘휘슬슬 흘겨 빗겨 금봉채(金鳳釵)로 단장하고, 의복 치레 볼작시면 백방사(白紡絲) 수화주(水禾紬) 고장바지·무명주단 단속곳·세백 수화주 너른 바지·통명주 깨끼적삼·남대단 홑단치마 잔살잡아 떨쳐 입고, 노리개를 범연할까. 이궁전 인물향과 밀화(蜜花) 불수(佛手) 금도끼를 줄줄이 얽어 차고, 백주(白紬)·화주(禾紬) 겹버선에 도리불숙 꽃당혜(唐鞋) 날 출(出) 자로 제법 신고, 단순호치 반개하여 웃는 양은 춘풍도리(春風桃李) 화개시(花開時)에 반만 핀 홍련(紅蓮)일다.

섬섬옥수로 전라도 진안초(鎭安草)에 평안도 삼등초(三登草)를 설설 펴서 얼른 담아 청동화로 백탄 숯불불 붙여서 춘풍 전에 드릴 적에, 향내가 진동하니 춘풍이 받아 물고 하는 말이,

"나도 경성에 생장하여 청루미색 결연하다가 여기를 내려와서 객회(客懷)가 적막키로 '가련금야숙창가(可憐今夜宿倡家)니, 창가소부불수빈(倡家少婦不羞賓)하라'²⁾, 동작의 생황진을 네 들을소냐."

하니 추월이 잠깐 웃고 여쭈오되,

"원로(遠路) 경성에 평안히 오시니까? 뒷집에 사처하여 4, 5일 유숙하되 어이 그리 더디던고."

---

4) 옅은 화장. 대는 눈썹을 그리는 먹.
5) 불쌍하구나, 오늘밤은 창가, 즉 기생집에서 자고 갈 것이니 창가의 소부는 손님을 부끄러워하지 말라.

  이 말 저 말 다 버리고 추월이 분부하되, 주찬(酒饌)을 차려 올 제 국화 새긴 통연반(統營盤)에 주전자 들여 놓고 조로록 엮은 홍합·생선찜·오화당(五花糖)·사탕·귤병(橘餅)·당대추며, 반달 같은 개피떡과 먹기 좋은 꿀합떡과 보기 좋은 화전(花煎)에 산승 웃기[1]로 고여 놓고 꺽꺽 우는 생치(生雉) 들여 정월만배 영계찜을 곁들이고, 대모(玳瑁) 양각(羊角) 큰 접시에 현초초 전복을 갖추어 곁들이고, 어회·겨자·초장·생청을 틈에 끼워 놓고, 청실례 홍실례 벗긴 생율, 접은 준시(蹲柿)·은행·대추·청포도·흑포도며, 머루·다래·유자·석류·감자·능금·참외·수박을 갖추어 왔는데, 병(瓶)치레를 볼짝시면 벽해상(碧海上)의 거북병과 목 움츠러진 자라병과 만경창파 오리병·왜화병·당화병·일출병·율출병을 갖추어 벌여 놓고, 술 치레를 볼작시면 이태백의 포도주며, 도연명의 국화주, 안기생(安期生)의 과하주(過夏酒)며, 석달 열흘 백일주며, 소주·황소주·일년주·계당주(桂當酒)·감홍로(甘紅露), 향기로운 연엽주(蓮葉酒)를 갖춰 놓았는데, 노자작 앵무배에 섬섬옥수로 졸졸 퐁퐁 가득 부어 춘풍에게 드리거늘, 춘풍이 하는 말이,

  "평양이 소강남(小江南)으로 들었으니 권주가나 들어 보세."

  추월이 단순을 반개하여 청가 일곡으로 권주가를 부를 적에,

  "잡으시오 잡으시오. 이 술 한잔 잡으시오. 백년 3만 6천 일 살아서도 우락중분미백년(憂樂中分未百年)[2]이니, 권할 적에 잡

---

  1) 산승은 찹쌀가루를 반죽하여 얇게 밀어 기름에 띄워 지진 떡. 웃기는 그릇에 산승을 담고 그 위에 모양을 내기 위해 얹은 떡.
  2) 근심과 즐거움이 반반씩인 한평생.

으시오. 인생 백년 못 살 인생 아니 놀고 어이할까. 이 술이 술이 아니라, 한무제(漢武帝)의 승로반(承露盤)[3]에 이슬 받은 것이오니, 쓰나 다나 잡으시오. 역려(逆旅)의 건곤(乾坤)에 초로(草露) 같은 우리 인생 한번 돌아가면 뉘라 한번 먹사오리. 살았을 제 먹사이다."

춘풍이 받아 먹고 흥에 겨워 노는구나.

"추월 춘풍 연분 맺어 한가지로 놀아 볼까."

추월이 대답하되,

"이백도홍유록시(李白桃紅柳綠時)에 춘풍(春風)도 좋거니와, 노백풍청황국시(露白風淸黃菊時)에 추월(秋月)이 밝았으니 춘풍이 좋을씨고. 진실로 그럴 양이면 추월·춘풍 놀아 볼까."

춘풍이 추월 두고 차운(次韻)하였으되,

"아미산반륜월(峨眉山半輪月), 도기영문량추월(到記迎門良秋月), 북당야야인사월(北堂夜夜人事月), 동정월(洞庭月), 관산월(關山月), 황산릉명월(黃山陵明月), 오주(吾州)에 여견월(如見月), 2월 3월뿐이로다. 월백풍청(月白風淸) 여차양야(如此良夜)에 나는 춘풍이요, 너는 추월, 우리 둘이 배필되어 천지가 변하기로 풍월(風月)이야 변할소냐."

추월이 대답하되,

"서방님은 월자운(月字韻)을 달았으니 나는 풍자운(風字韻)을 달아 볼까. 수수산(灘水山)에 서북풍, 낙양성(洛陽城)에 견추풍(見秋風), 만국병전(萬國兵前) 초목풍(草木風), 무협장취(巫峽長醉) 만리풍(萬里風), 양류수사(楊柳垂絲) 만강풍(萬江風), 취적

<hr>

3) 중국 한나라의 무제가 건장궁에 세운 동반. 감로를 받기 위해 만든 것임.

강산(吹笛江山) 낙원풍(樂園風), 삼월화신풍(三月花信風), 동지
섣달 설한풍, 이제 풍자(風字) 다 버리고 추월 · 춘풍 배필되어
대동강이 마르도록 추월이야 변할손가. 좋을씨고 좋을씨고 청
풍명월 야삼경에 양인심사(兩人心事) 양인지(兩人知)라. 화류봉
접(花柳蜂蝶) 좋은 연분 어이 인제 만났는고."

춘풍이 대회하여 생증장액수고란 호취개럼접쌍연이더라.

허랑한 이 춘풍이 장사에 뜻이 없고 이날부터 2천 500냥을 마
음대로 쓰는구나. 장취불성(長醉不醒) 맑은 소리로 일삼으며 주
야로 놀아나거늘, 추월이는 수천 냥을 홀리려고 교태하여 이른
말이,

"통한단 쌍문초(雙紋綃) 도리 불수(佛手) 능라단(綾羅緞) 초록
저고리감만 날 사 주오. 은죽절(銀竹節)[1] 금봉채 가진 노리개
날 해주오. 두리소반 · 주전자 · 화로 · 양푼 · 대야 날 사 주오.
동래(東來) 반상(飯床) · 안성(安城) 유기(鍮器) · 구첩반상 · 실
굽다리 날 사 주오. 요강 · 타구 · 새옹 · 남비 · 청동화로 날 사
주오. 백통대 · 은대 · 금대 · 수복 담뱃대 날 사 주오. 문어 · 전
복 · 편포 안주하게 날 사 주오. 연안(延安) 백천(白川) 상상미
(上上米)로 밥쌀하게 팔아 주오. 동래 · 울산(蔚山) 장각해의(長
覺海衣)[2] 날 사 주오."

은가지로 헤어내니 허랑한 이춘풍이 일호(一毫)나 사양할까.

수천 여 냥 돈을 비일비재 내어주니, 청산유수 아니어든 지탱
할 수 있을손가. 1년이 못 다 가서 낭탁(囊槖)[3]이 바닥났구나.

---

1) 은으로 대마디 모양으로 만들어 여자의 쪽에 꽂는 장식품.
2) 길쭉하고 넓은 미역과 김.
3) 자기가 차지한 물건. 자기 차지로 만듦.

  철없는 춘풍이 의식을 염려없이 추월에게 붙여 두고, 배 부르게 자빠져서 추월의 간교를 추호나 알손가.

  추월이 거동 보소. 춘풍의 재물을 다 훌쳐내더니 괄세하여 내친다. 슬픈 거동 가련하다. 만날지면,

  "내 눈에 보기 싫다."

  석경 · 면경 내던지며 생증내어 구박할 제 성외(城外) 성내(城內) 한량에게 의론하되 들경막의 장작인가. 전당(典當)집의 은 촛댄가, 썩은 나무 뿌리던가, 이리 될 줄 몰랐던가.

  "어디로 갈랴시오. 노자가 부족하면 한 대나 보태시오."

  돈 한 돈 내어주며 바삐 나가라 성화하니, 춘풍의 거동 보소. 분한 마음 폭발하여 추월에게 하는 말이,

  "우리 둘이 갓 만나서 원앙금침 마주 누워 불원상리(不願相離) 굳던 언약 태산같이 언약하여 대동강이 마르도록 떠나가지 말래더니, 이렇듯 깊은 맹세 농담인가 진정인가. 이제 이 말 웬말인가."

  추월이 이 말 듣고 변색하여 하는 말이,

  "이 사람아, 내 말을 들어 보소. 청루 물정 몰랐던가. 장낭부 · 이낭청도 동가식서가숙(東家食西家宿)[4]하고 노류장화(路柳墻花)[5]는 인개가절(人皆可折)이라. 평양 기생 추월 성식 몰랐던가. 자네가 가져온 돈냥 혼자 먹던가."

  이같이 구박하여 등 밀치며 어서 바삐 가라 하니, 춘풍이 분한 마음 탄색하며 한쪽에 비켜서서 이리저리 생각하니 한심하

---

  4) 옛날 중국의 어떤 계집이 동쪽 부자집에서 먹고, 서쪽 미남의 집에서 자기를 원했다는 고사에서 온 말로, 떠도는 사람을 일컬음.
  5) 창부. 몸을 파는 여자.

고 가련하다. 집으로 가자 하니, 무면도강동(無面渡江東)[1]이요, 처자도 부끄럽거니와 막중호조(戶曹) 돈 2천 냥을 내어다가 한 푼 없이 돌아가면, 금부옥(禁府獄)에 가두고 주장대[2]로 찌르면 속절없이 죽겠으니 경성으로도 못 가겠고, 이 집 저 집 구걸하자니 그도 또한 못 하겠고, 불원 천리 가자 하나 노자 한푼 없으니 어디로 간단 말가.

이를 장차 어찌하리. 이럴 줄 왜 몰랐던가. 후회막급 창연하다. 대동강 깊은 물에 풍덩 빠져 죽자 하니 그도 차마 못 하겠고, 석사 셋치 지자 수건 목을 매어 죽자 하니 이도 또한 못 하겠네. 답답한 이 노릇을 어찌하면 옳단 말가. 평양 성내 걸인되어 이 집 저 집 빌자 하니 노소 인민 아동 주졸 이놈 저놈 꾸짖으니 걸식도 못 하리라. 어디로 가잔 말가. 이리저리 생각다가 추월 앞에 나가 앉아 간절히 비는 말이,

"추월아, 추월아, 내 말 잠깐 들어 보라. 우리 조선이 인정지국(仁情之國)이어든 어찌 그리 박절한가. 날 살려. 내가 자네 집에 도로 있어 물이나 긷고 불 사환(使喚)이나 한다면 어떠할꼬."

추월이 거동 보소. 눈을 흘겨보면서,

"여보소 이 사람아, 자네가 전 행실을 못 고치고 '하네' 소리하려면 내 집 다시 있지 마소."

이렇듯이 구박하니 춘풍이 하릴없어 '아가씨' 말이 절로 나

---

1) 중국 초나라의 항우가 싸움에 패하고 오강에 이르매, 정장이 항우에게 강동으로 돌아가 재기할 것을 권하자, 무슨 면목으로 고향에 돌아가리요 하고 스스로에게 물었다는 고사에서 온 말로, 곧 일에 실패하여 고향에 돌아갈 형편이나 면목이 없음을 일컫는 말.
2) 주장. 붉은 칠을 한 몽둥이로, 주릿대 등 죄인을 신문할 때 무기로 쓰임.

고 존대가 절로 난다.

춘풍이 이날부터 추월의 집 사환하는 일꾼 되니 생불여사(生不如死)라 가련하다. 그렁저렁 지낼 적에 토상(土狀) 바람 현순백결(懸鶉百結)³⁾로 이리저리 다닐 적에 거동 볼짝시면 종로의 상거지라. 조석 먹는 거동 보면 이 빠진 헌 사발에 누룽밥에 토장덩이 제격이라. 수저도 없이 뜰 아래나 부엌에서 먹는 형상 제 신세 스스로 생각하니 목이 메어 못 먹겠네. 주야로 한량들은 청산에 구름 모이듯, 수륙굿(水陸齋)⁴⁾에 노승(老僧) 모이듯, 개성부(開城府)에 장사 모이듯 추월의 집으로 모여와서 온갖 희롱 다하면서 좋은 술 별안주에 배반(杯盤)이 낭자하여 청가 일곡 화답하여 한창 얽혀 노닐 적에 춘풍 거동 보소. 뜰 아래서 방 안을 엿보니 눈에는 풍년이요, 입에는 흉년이라. 저 신세를 생각하고 노래하되,

"세상사 가소롭다. 나도 경성장부로 왈자 벗님 취담(醉談)하여 청루미색 가무중에 수만금을 낭비하고, 또 이 시골 내려와서 주인을 작첩하여 불원생리하겠더니 이 지경이 되었으니 세상사 가소롭다."

이때는 엄동이라 일락서산(日落西山)하고 바람은 솔솔하고 월색은 조용한데,

"울고 가는 저 기럭아, 내 진정을 들어 보고 내 고향에 전하여라. 우리 처가 그립구나. 나를 그려 죽었는가, 살았는가. 이리저리 생각하니 대장부 일촌간장 봄눈 슬 듯하는구나. 그런 정 저런 정 다 버리고 전에 하던 가사나 하여 보세.

---

3) 가난하여 옷이 갈갈이 찢어진 것을 가리키는 말.
4) 불가에서 물과 땅의 잡귀에 재를 올리며 경문을 읽던 일.

매화타령(梅花打令)한다.

'매화야 옛 등걸에 봄철이 돌아온다. 피엄즉도 하다마는 백설이 분분하니 피지 말지, 어화 세상사 가소롭다.'

이때 추월의 방에 놀던 한량들이 노래를 듣고 의심하니 추월이 무색하여 하는 말이,

"내 집의 사환하는 놈이, 서울의 이춘풍이라는 놈이 하는 소리니 신청치 미소서."

한량들이 이 말을 듣고,

"서울 산다 하니 불쌍하다."

하고 술 한 잔을 가득 부어 주니, 춘풍이 갈지우갈(渴之又渴)하여 받아먹으니 가련하더라.


각설(却說). 이때 춘풍의 처 가장을 보내 놓고 백가지로 생각하며 밤낮으로 탄식하는 말이,

"멀고 먼 큰 장사에 소망 얻어 평안히 돌아오기 천만축수 기다리오."

하되, 춘풍은 아니 오고 풍문에 들려오는 소리, 서울 사는 이춘풍이 평양 장사 내려가서 추월을 작첩하여 호강으로 노닐다가, 수천금 재물 다 털리고 추월에게 구박맞아 사환하단 말을 듣고 가슴을 두드리며 통곡하는 말이,

"애고 애고 이게 웬말인고. 슬프다, 이내 가장 날과 같이 만났건만 어이 그리 허랑하고. 청로미색에 한번 치패도 어렵거든, 천리 타향에 막중국전(莫重國錢)을 대돈변으로 내어 가지고 또 낭패하단 말인가. 애고 답답스런지고. 뉘를 바라고 살잔 말인가. 전생에 무슨 죄로 여자가 되어 나서 가장 한번 잘못 만나

평생 고생하는구나. 이내 팔자 이대도록 되었는가. 어찌하여 살잔 말인가. 박복한 이내 팔자 피하기도 어렵구나. 종남산 다다라서 물명주 질긴 수건 한 끝은 나무에 매고 한 끝은 목에 매어 죽고지고. 여자가 되어 나서 이런 팔자 또 있는가. 염마국(閻魔國)[1] 십전대왕(十前大王) 아귀사자(餓鬼使者)[2] 빨리 보내어 내 목숨을 잡아가오."

이를 갈며 하는 말이,

"평양을 찾아가서 추월의 집 찾아내어 추월의 머리채를 감아쥐고 춘풍에게 달려들어 허리띠에 목을 매어 죽으리라."

악을 내어 울다가도 다시 고쳐 생각하되,

'이리도 못 하리라. 어이하여 살잔 말가. 내 가장을 데려다가 살릴지라도 어찌하리요. 아무리 궁리하여 봐도 별수 없다. 소년에 패가하여 일신을 돌아보지 아니하고 주야로 품을 팔아 전부 빚을 갚은 후에, 의식 걱정 아니하고 우리 양주 백년화락하겠더니, 원수로다 원수로다, 평양 장사 원수로다.'

이렇듯 지내더니, 뒷집의 참판댁(參判宅)이 있으되 노대감은 돌아가시고 맏자제 문장으로 소년 급제하여 갖은 청환(淸宦)[3] 다 지내고, 참판으로 근년에 평양 감사 부망(副望)[4]으로 미구에 평양 감사 한단 말 듣고 춘풍의 처 계교를 생각더니, 그 댁이

---

1) 염라대왕이 다스린다는 저승.
2) 파율(계율을 어기고 지키지 않음)의 악업을 저질러 아귀도에 빠진 귀신. 여기서 아귀도는 아귀(목구멍이 바늘구멍 같아서 음식을 먹을 수 없는 탓에 늘 굶주리는 귀신)들이 모여 사는 세계를 말함.
3) 학식·문벌이 높은 사람이 하던, 규장각·홍문관·선전관청 등의 벼슬. 지위나 봉록이 높이 될 자리임.
4) 벼슬아치를 발탁할 때에 후보자 세 사람을 추천하는데, 그중의 두 번째로 추천된 사람.

가난하여 국록을 타서 수다 식구 사는 중에 그 대부인은 있단 말 듣고 침재품[1]을 얻으려고 그 댁에 들어가니, 후원 별당 깊은 곳에 참판의 대부인 평상에 누워, 형세 가난키로 식사도 부실하고 초췌하다. 춘풍 아내 생각하되,

'이 댁에 붙이어서 춘풍을 살려내고 추월을 설치하여 보리라.'

마음을 단단히 먹고 침재품을 힘써 팔아 얻은 돈냥 다 들여서 참판댁 대부인 조석 진지 차려 가니, 부인께서 때마다 의외로 감지덕지 생각하되,

"이 깊은 은혜를 어이 할꼬."

주야로 걱정하더니, 하루는 춘풍의 처더러 이르는 말씀이,

"네가 형편도 어렵고 침재품으로 살아간다는데, 날마다 차담상(茶啖床)[2]을 지어오니 먹기는 좋다마는 도리어 불안하다."

춘풍 아내 여쭈오되,

"소녀 집에 음식 있어 혼자 먹기 어렵삽기로 마나님 잡수실까 하와 드린 것이옵더니 황송하여이다."

대부인이 이 말 듣고 매우 사랑하고, 기특히 여겨 못내 생각하시더라. 하루는 참판영감 문안하고 여쭈오되,

"요사이 무슨 좋은 일이 계신지 화기 만안(滿顔)하시오니까?"

대부인 말씀하되,

"앞 집의 춘풍의 처가 좋은 음식 차담상을 연일 차려오니, 내

---

1) 삯바느질할 일거리. 바느질하는 재주와 수품.
2) 다담상. 손님 대접으로 차리는 교잣상. 다담은 원래 불가에서 손님을 대접하기 위해 내놓는 다과 등.

기운 절로 나고 그 계집의 정성 기특하다."

　참판이 이 말 듣고 춘풍의 처를 청하여 보고 치사하니, 더욱 기특히 보고 매일 사랑하더라. 천만의외에 참판 영감이 평양 감사를 하였구나. 희희낙락 즐길 적에, 춘풍의 처, 대부인께 온공히 여쭈오되,

　"이번에 천은(天恩)으로 평양 감사 하셨으니 이런 경사 없사이다."

　대부인이 말씀하되,

　"나 평양 가려 하니 너도 함께 내려가서 춘풍이도 찾아보고 구경이나 하는 것이 어떠하뇨?"

　춘풍의 처 아뢰오되,

　"소녀는 고사하고 오래비 있사오니 비장(裨將)[3] 한몫 주시기 바라나이다."

　대부인이 이 말 듣고,

　"네 청이야 아니 들을소냐."

하고 감사께 통지하니 감사 허락하고,

　"제가 비장할 양이면 바삐 거행하라."

하니, 춘풍의 처 없는 오래비 있다 하고 제가 손수 여자 의상 벗어놓고 남장하고 가려 한다. 외올 망건(網巾)·대모관자(玳瑁貫子)[4] 당줄 졸라 질끈 쓰고, 게알 같은 제주 탕건(宕巾)[5] 삼백쉰 돌임 계양태 제모입에 엿돈 오푼짜리 은귀영자(銀鉤纓子) 산호격자(珊瑚格子) 두 귀 밑에 달아 놓고 통해전(通海氈)의 삼승

---

　3) 감사·유수·병사·수사 등을 따라다니는 관원의 하나.
　4) 대모갑으로 만든 관자. 대모갑은 대모의 등과 배를 싸고 있는 껍데기.
　5) 예전에 벼슬아치가 갓 아래에 받쳐쓰던 관.

(三升) 버선·쌍코신에 쥐눈징을 다문다문 그어서 맵시 있게 지어 신고, 양색단(兩色緞) 웃저고리·자개묘초 양등거리·양피 두루마기·희천주(熙川紬) 겹창의(氅衣)[1]에 갑사쾌자(甲紗快子)[2] 장패(將牌)띠로 홍단을 눌러띠고, 서피(黍皮)·돈피(燉皮) 만선두리 주귀 담쑥 눌러 쓰고, 대모장도(玳瑁粧刀) 내외고름 비껴 차고, 소상반죽(瀟湘斑竹)[3] 왜금선을 이궁전선 초달과 한삼소매 늘어지게 쥐고 흐늘흐늘 걸어가는 거동 황홀한 귀남자라. 감사댁에 들어가서 하인을 단속하고 황혼을 기다려서 차담상 별로 차려 대부인께 드릴 적에 복지하여 여쭈오되,

"춘풍의 처 문안드리나이다."

부인이 경아하여 가로되,

"춘풍의 처면 남복은 무슨 일인고?"

비장의 여쭈오되,

"소녀 지아비 방탕하여 청루에 오입하여 두세 번 패가하고, 호조돈 2천 냥을 대돈변으로 얻어내어 평양 장사 가서, 추월을 작첩하여 주야로 즐기다가 2천 500냥을 돈을 달리 한푼 아니 쓰고 추월에게 다 없애고, 추월집 사환 되었다 하옵기로, 소녀의 마음이 매양 절통하옵더니, 천행에 사또 덕택으로 비장이 되어 내려가서 추월도 설치하고 호조(戶曹)돈 수쇄(收刷)하고, 지아비 데려다가 백년 동락하게 되면 마나님 덕택이니 의심 없이 하옵소서."

---

1) 벼슬아치가 평소에 입는 웃옷. 소매가 넓고 뒷솔기가 갈라졌음.
2) 갑사로 만든 옛날 전복의 하나. 사는 얇고 가벼운 비단의 하나로, 그중에서 품질이 좋은 사를 갑사라고 함.
3) 중국 소상 지방에서 생산되는 무늬가 있는 대나무.

　대부인 청필(聽畢)에 크게 웃으며 가로되,

　"네 말이 그러하니 불상하고 가련하다. 소원대로 하여주마."

　이때 마침 감사 안에 들어오다가 이 거동 보고, 대노하여 호령하되,

　"이놈이 어떤 놈이관데 임의로 대청에 출입하니 저놈을 바삐 결박하라."

　천둥같이 분부하니, 대부인이 웃으며 감사더러 춘풍의 처 소관사를 자세히 이르시니, 감사 웃으면서 당장에 불러 올려 기특하다 칭찬하고, 좌루를 불러 구외불출(口外不出)하라 하고 삼일 잔치 연후에 현신하니 감사 하나밖에 다 초면이라, 수군수군 하는 말이,

　"회계 비장 잘도 났다마는, 수염이 없으니, 그것이 흠이로다."

　뉘 아니 칭찬하리요. 명일 발행하여 떠날 적에 기구도 찬란하고 위엄도 엄숙하다. 빛 좋은 백마 등에 쌍교(雙轎)·독교(獨轎)·사인교(四人轎)며 좌우청장 호강있게 내려갈 제, 선배비장(先陪裨將)·후배비장(後陪裨將)·책방(冊房)까지 치례하고, 호피(虎皮)돋움 높이 타고 금선의 이군전은 일광을 가리우고 평양으로 내려갈 제, 호사 장할씨고. 이방(吏房)·호방(戶房)·예방(禮房)·수배(首陪)·인배(引陪)·통인(通引)·관노(官奴)·역마부(驛馬夫)며 각 청 방자(房子)·군노(軍奴)·나장(邏將)이 좌우에 늘어서서 홍제원(弘濟院)을 바라보고 구파발(舊把撥) 막 지나 숫들고개〔礪峴〕 얼른 넘어 파주읍(坡州邑)에 숙소하고 임진강 다다라서 전후창병(前後瘡病) 둘러보니 보던 바 제일이라.

임술지추(壬戌之秋) 칠월기망(七月旣望)[1]에 소자첨(蘇子瞻)
놀던 적벽강산(赤壁江山) 수한경(水閑境) 여기저기 구경하고,
동파역(東坡驛) 얼른 지나 장단읍(長湍邑)에서 중화(中火)[2]하고
취석교 건너자 소파에서 숙소하고, 청석골 다다라서 좌우산천
구경하니 벽제(辟除)[3] 소리 권마성(勸馬聲)에 산천이 다 울린
다.

금천읍(金川邑)에서 중화하고 도저울 지나서서 웃고개 넘어
서 평산(平山) 땅이라. 앞고개 넘어서서 태백산성 바라보고 남
창역(南昌驛)에 말을 먹여 총수관(葱秀館)[4]에 숙소하고, 홍주원
다다라서 병풍바위 말을 몰아 구월산(九月山)에 이르니 산세도
기묘하다.

봉산읍(鳳山邑)에서 중화하고 동선령(洞仙嶺) 넘어서서 정방
산성 바라보니, 좌우산성 경개 좋다. 수목이 우거지고 비금(飛
禽)은 날아들고, 취타(吹打) 소리 더욱 좋다. 황주 병영(黃州兵
營) 숙소하고, 진등에 말을 몰아 중화읍(中和邑)에 숙소하고 형
제교(兄弟橋)에 다다르니 영본부(營本府) 관수(官守)들이 읍정
(邑庭)에 지대하여 도임차로 들어간다.

작대(作隊)·대소관(大小官) 현신하고 전배비장·후배비장
전후로 모시는데, 천총(千摠)[5]이 작대하여 군문(軍門)에 늘어서

---

1) 중국 당나라 때의 소식이 지은 〈적벽부〉의 첫 대목의 날짜.
2) 길을 가던 도중에 점심을 먹음.
3) 지위가 높은 사람이 행차할 때에 별배(벼슬아치 집에서 부리는 하인)가 여러 사람의 통
   행을 금해 길을 치우는 일.
4) 황해도 평산에 있는 객관. 객관은 고려와 조선 시대에 다른 곳에서 온 관원을 묵게 하던
   곳을 말함.
5) 조선 시대 때 훈련도감·금위영·어영청·진무영 등에 속하던 정3품의 장관직.

서 좌청룡(左靑龍) 우백호(右白虎)에 동서남북 청홍흑백(靑紅黑白) 어지러이 늘어섰고 길나장 군악대 새면치는 소리 산천을 진동하고, 육각(六角)[6] 풍류 취타 소리 더욱 좋다.

아름다운 미색들은 녹의홍상으로 좌우에 늘어섰고, 전배·후배 비장들은 좋은 말에 높이 앉아 법제 있게 들어갈 제, 장림(長林)을 다 지나서 대동강변 다다르니, 녹수청파 두 교산은 적벽강 큰 싸움에 방사원(龐士元)의 연환계(連環計)[7]로 육지같이 모았는데, 대동문 들어갈 제, 전후좌우 구경꾼은 성 지위가 무너질 듯, 초성루를 지나 객사에 현알하고 문에 들어가서 선화당(宣化堂)[8]에 좌기(坐起)하고, 방포삼성(放砲三聖) 후에 100여 명 기생들이 낱낱이 현신한다. 사또 분부하되,

"비장·책방 다 현신하라."

하더라. 하루는 사또께서 회계 비장더러 농담으로 조롱하되,

"각처 지방 책방까지 수청(守廳)을 두었으되, 자네는 어이하여 평양 같은 물색에 독수공방한다 하니, 그 말이 참말인가?"

회계 비장 여쭈오되,

"소인은 소첩으로 4, 5년을 단방하와 색에 뜻이 없나이다."

회계 비장 숨은 회포 사또밖에 뉘 알손가. 기상히 여기더라. 백사 더욱 진실하고 사또 날로 사랑하여 일마다 미루어 맡기어 수삼 삭에 수만 냥을 상급하니 뉘 아니 칭찬하리.

이때 회계 비장, 춘풍·추월의 일을 염탐하여 자세히 듣고 하

---

6) 북·장구·해금·피리 및 대평소 한 쌍을 말함.
7) 방사원은 중국 촉한의 장수로, 이름은 통, 사원은 자(字)임. 유비를 받들어 싸우다가 화살에 맞아 전사했음. 연환계는 조조와의 해전에서 쓴 전략.
8) 조선 시대 때 관찰사가 사무를 보던 정당. 여기서 정당은 여러 건물 중에서 주가 되는 집채를 말함.

루는 비장이 추월의 집 찾아갈 제, 사또께 귀속하고 추월의 집 찾아가서 중문에 들어서니 물통 지는 저놈 형색도 참혹하고 가련하다.

봉두난발(蓬頭亂髮)[1] 험수룩한 놈 낯조차 못 씻던가, 추잡하기 그지없다. 3년이나 아니 빤 옷 더덕더덕 누덕여서 얽어 입고 앉은 것이 제 서방인 줄 알았으되, 춘풍이야 제 아내인 줄 어찌 알랴. 춘풍 아내 분하고 슬픈 마음 서려 담고 추월의 방에 들어가니, 간사한 추월이 회계 비장 홀리려고 교태하여 수작하다가, 각별히 차담상을 진수성찬으로 차려 드리거늘, 비장이 약간 먹는 체하고 사환하는 걸인에 내어주며,

"불쌍하다. 네가 본대 걸인이냐? 네 어찌 그 지경이 되었느냐?"

춘풍이 땅에 엎드려 가로되,

"소인도 경성 사람으로 이리 온 사정이야 어찌 다 여쭈오리까. 나으리 잡수시던 차담상을 소인 같은 천한 몸에게 내려 주시니 은혜 감사 무지하여이다."

비장이 미소하고 처소에 돌아와서 수일 후에 사령 불러 분부하여, 춘풍을 잡아들여 형틀에 올려 매고,

"이놈, 네 놈이 춘풍이냐?"

춘풍이 벌벌 떨며,

"과연 그러하오이다."

"막중 호조돈 수천 냥을 가지고 4, 5년이 되도록 일푼 환납 아니하니 호조판자(戶曹關子)[2] 내어 너를 잡아죽이라 하였으니,

---

1) 쑥대강이처럼 흐트러진 머리털.
2) 호조에서 내린 공문서.

너는 그 돈을 다 어찌 하였는고. 매우 쳐라."

분부하니 사령놈 매를 들고 20여 도를 중타(重打)하니, 춘풍의 다리에 유혈이 낭자하거늘 비장이 보고,

"춘풍아, 네 그 돈을 얻다 없앴느냐? 바로 아뢰어라."

춘풍이 가로되,

"호조돈을 가지고 평양 와서 1년을 추월과 놀고 나니 일푼도 없어지고, 달리 한푼 쓴 일 없삽나이다."

비장이 이 말 듣고 이를 갈고 사령에게 분부하여 추월을 바삐 잡아들여 형틀에 올려 매고 별태장(別笞杖) 골라,

"일분도 사정없이 매우 쳐라."

호령하여 10여 장을 중치(重治)하고,

"이년아, 바삐 다짐하라. 네 죄를 모르느냐?"

추월이 정신이 아득하여 겨우 여쭈오되,

"춘풍의 돈은 소녀에게 부당하여이다."

비장이 대노하여 분부하되,

"네 어찌 모르리요. 막중 호조돈을 영문에서 물어 주랴, 네가 먹었거던 어찌 잔말 아뢰느냐. 너를 쳐서 죽이리라."

주장(朱杖)대로 지르면서,

"바삐 다짐하라."

50도를 내리치며 서리같이 호령하니, 추월이 기가 막혀 혼이 질겁을 내어 죽기를 면하려고 아뢰되,

"국전(國錢)이 지중하고 관령이 지엄하니, 영문 분부대로 춘풍의 돈을 다 물어 바치리이다."

비장이 이르되,

"호조에 관자하여 너를 죽이려 하였으되, 네 죄를 뉘우치고

돈을 모두 바치겠다 하니 너를 살려 주겠으되, 호조돈을 자모지 례(子母之例)로 5천 냥을 바치라."

하니 주월이 여쭈오되,

"열흘 말미만 주시면 5천 냥을 바치리다."

다짐 써 올리니 춘풍·추월을 형틀에서 풀어 놓고 춘풍더러 이르되,

"10일 이내에 5천 냥을 받아 가지고 경성으로 올라오라. 내가 유고하여 먼저 올라가니 뒤미처 올라와 댁을 찾아오라."

하니 춘풍이 황황하여 아뢰되,

"나으리 덕택으로 호조돈을 모두 수쇄하오니 은혜 백골난망 이로소이다. 경성 가서 댁에 먼저 문안하오리이다."

하고 여쭙더라. 비장이 사또께 여쭈되,

"추월 설치하고 춘풍도 찾으옵고 호조돈도 수쇄하오니 은혜 감축 무지하온 중 소인 몸이 외람히 존중한 처소에 오래 있삽기 죄만하와 떠나야 될 줄 아나이다."

감사 그러히 여겨 허락하니, 이튿날 감사께 하직하고 상급한 돈 5만 냥을 환전(換錢) 부쳐 놓고 떠나서 여러 날 만에 돈하고 환전도 찾은 후 남복을 벗어놓고 춘풍 오기 기다리더라.

이때 평양 비장으로 회계 비장을 겸하고, 분부하여 추월 잡아 들여 돈 5천 냥 바치라 하시니, 뉘 영이라 거역할까. 성화같이 재촉하여 불일내에 받아 가니 춘풍이 비장 덕에 돈 받아 실어 놓고, 갓·망건·의복 치레하여 은안준마(銀鞍駿馬) 높이 타고 경성을 올라와서 제집을 찾아가니, 이때 춘풍의 처 문 밖에 썩 나서서 춘풍의 소매 잡고 깜짝 놀라며 하는 말이,

"어이 그리 더디던고. 장사에 소망 얻어 평안히 오시니까?"

춘풍이 반기면서,

"그새 잘 있던가?"

춘풍이 20아리 돈을 여기저기 벌여놓고 장사에 돈번 듯이 의기양양하니, 춘풍 아내 거동 보소. 주찬을 소담히 차려 놓고,

"자시오."

하니, 저 잡놈 거동 보소. 없던 교태(驕態) 지어 내어 제 아내 꾸짖으되,

"안주도 좋지 않고 술맛도 무미하다. 평양서는 좋은 안주로 매일 장취하여 입맛이 높았으니 평양으로 다시 가고 싶다."

젓가락도 그릇에 던져 박고 고기도 씹어 뱉으며 하는 말이,

"평양 일색 추월이와 좋은 안주 호강으로 지내다 집에 오니 온갖 것이 다 어슬프다. 호조돈이나 다 셈하고 약간 돈냥 수쇄하여 전 주인에게 환전 부치고 평양으로 내려가서 작은 집과 한가지로 음식을 먹으리라."

그 거동은 차마 못 볼러라. 춘풍 아내 생각다가 춘풍을 속이려고 상을 물려 놓고 황혼시에 밖에 나가 비장 복색 다시 하고 오동수복(烏銅壽福) 화간죽(花竿竹)을 한발이나 삐쳐 물고 대문 안에 들어서서 기침하고,

"춘풍 왔느냐?"

소리 친다. 춘풍 자세히 보니 평양서 돈 받아 주던 회계 비장이라. 춘풍이 황겁하여 버선발로 뛰어 내달아 복지하여 여쭈오되,

"소인이 오늘 와서 날이 저물어 명일 나으리께 문안코자 하옵더니, 나으리께서 만저 제집에 행차하옵시니 황공무지로소이다."

비장이 답하여 가로되,

"내 마침 이리 지나다가 너 왔단 말 듣고 잠깐 들렀노라."

방 안에 들어가니, 춘풍이 아무리 제 안방인들 어찌 들어갈까. 문 밖에 섰노라니,

"춘풍아, 들어와서 말이나 하여라."

춘풍이 여쭈오되,

"나으리 좌정하신데 감히 들어가오리까."

비장이 가로되,

"잔말 말고 들어오너라."

춘풍이 어쩌지 못하여 안으로 들어오니 비장이 가로되,

"그때 추월에게 돈을 진작 받았느냐?"

춘풍이 가로되,

"나으리 덕택에 바로 받았나이다. 못 받을 5천 냥 돈을 일조에 되받았사오니, 그 은혜 태산 같사이다."

"그때 맞던 매가 아프더냐?"

"소인에게 그런 매는 상이로소이다. 어찌 아프다 하리이까."

비장이 가로되,

"네 집에 술이 있느냐?"

춘풍이 일어나서 주안상을 드리거늘, 비장이 꾸짖어 가로되,

"네 계집은 어디 가고 내게 내외시키는가. 네 계집 빨리 불러 술 준비 못 시킬소냐."

춘풍이 황겁하여 아무리 찾은들 있을소냐. 들며 나며 찾아도 무가내라, 제 소수 거행하니, 한두 잔 먹은 후에 취담으로 하는 말이,

"너 평양에서 추월의 집 사환할 제 형용도 참혹하고 거지 중

상거지라. 추월의 하인 되어 봉두난발 헌 누더기 감발버선 어떻더냐?"

춘풍이 부끄러워 제 계집이 문 밖에서 행여 엿듣는가 민망하건마는, 비장이 하는 말을 제가 막을손가. 좌불안석(坐不安席)하는 꼴은 혼자 보기 아깝더라. 비장 가로되,

"남산 밑 박승지 댁에 가 술이 대취하여 네 집에 왔더니, 시장도 하거니와, 해갈(解渴)이나 하게 갈분(葛粉)이나 한 그릇하여 오너라."

춘풍이 황공하여 밖으로 내달아서 아무리 제 계집을 찾은들 어디 간 줄 알리요. 주적주적하매 비장이 꾸짖어 가로되,

"네 계집을 어디 숨기고 나를 아니 뵈는고?"

차왈피하니,

"너는 못 쓸소냐. 평양 일을 생각하여 보라. 네가 집에 왔다고 그리 체중한 체하느냐?"

춘풍이 갈분을 가지고 부엌에 나가서 죽 쑤는 꼴은 차마 우습더라. 한참 항적여서 쑤어 드리거늘, 비장이 조금 먹는 체하고 춘풍을 주며,

"먹어라. 추월의 집에서 깨어진 사발에 누룽밥·토장덩이에 이지러진 숟가락도 없이 얻어먹던 생각하고 어서 먹어라."

춘풍이 받아 먹으며 제 아내가 밖에서 다 듣는가 속으로 민망히 여기더라.

비장이 가로되,

"밤이 깊었으니 네 집에서 자고 가리라."

하고 의복과 갓·망건을 벗으니, 춘풍이 감히 가란 말은 못 하고 속마음으로 해포만에 그리던 아내 만나서 잘 잘까 하였더니

비장이 잔다 하니 속으로 민망히 여기더라.

관망 탕건 벗어 놓고 웃옷을 훨훨 벗은 후 일어서니 완연한 제 계집이라. 춘풍이 깜짝 놀라 자세히 보니 천만뜻밖에 제 처가 분명하다. 춘풍이 어이없어 묵묵무언 앉았으니, 춘풍의 처 달려들며,

"여보소, 인제도 나를 모르시오?"

춘풍이 그제야 아주 깨닫고 깜짝 놀라며 두 손을 마주 잡고,

"이것이 웬일인가. 평양 회계 비장으로서 지금 내 아내될 줄 뉘 알리. 이것이 생시인가, 꿈인가. 태중인가, 귀신이 내 눈을 어리어 이러한가."

하며 파경(破鏡)이 부합(附合)하여 원앙금침에 구정을 다시 이뤄 은근한 정이 비할 데 없더라. 춘풍 하는 말이,

"어찌하여 평양 비장으로 내려오며, 또 내가 아무리 잘못하였기로 가장을 형틀에 올려 매고 볼기를 친들 그다지도 몹시 치니, 그때 자네 마음이 상쾌하던가?"

춘풍의 처 답하여 가로되,

"그때 자청하여 일푼전 일두속을 불부착수할 뜻으로 맹세하고 수기 써서 내 함통에 넣어 놓고 무슨 미친 마음으로 호조돈 수천 냥을 내어 가지고 평양 장사갈 제 말린다고 이리 치고 저리 치고, 가계도 한푼 없이 거지된 생각하면 참판댁 대부인께 판 돈냥으로 차담상을 자주 하여 정성으로 대접하고, 비장으로 내려갈 제 임자를 보게 되면 반만 죽이려 하였더니, 만나보니 차마 불쌍하여 더 치지 못하고 용서하였거던, 4, 5년 내 고생하던 생각하면 당신 맞던 매가 깨소금이오."

하면서 내외가 서로 웃고 전후사를 서로 다 이르며 인하여 호조

돈을 다 수보하고, 춘풍이 개과하여 주색잡기 전폐하고, 치가를 일삼아 형세도 요부하고 유자 생녀하여, 감사가 과만(瓜滿)하여 올라온 후, 안팎 없이 다니며 평생 신을 끊지 않고 대대손손이 섬기더라.

# 작품 해설

조선 시대 말기에 쓰여진 것으로 추측되는 가정 소설로, 지은이와 집필 연대는 알려져 있지 않다. 그 당시 권력자들의 위선적인 생활과 매관매직을 일삼던 정치의 부패상을 해학과 풍자를 섞어 다룬 것으로, 조선 시대 풍자 소설 중 대표작이다.

숙종 때 서울에 사는 이춘풍은 별감깨나 했다고 양반 자랑을 해가면서 기생집만 찾아다니며 가정은 돌보지 않고 방탕한 생활을 계속했다.

어느 날 이춘풍은 상인 박득만의 상점에서 유선달로부터 최참판의 환갑연에 쓸 물건을 구해 보겠느냐고 하기에 승낙하고, 부인이 만류하는 것도 뿌리치고 최참판한테서 돈 2천 냥을 받고, 아내가 애써 벌은 돈 500냥도 가지고 평양으로 물건을 사러 떠났다.

천생 난봉꾼이 이춘풍은 평양 친구와 술 마시러 갔다가 평양

기생인 유추월에게 흠뻑 빠져서 앞뒷일도 돌아보지 않고 2천
냥을 고스란히 바쳐 버렸다. 이춘풍이 철석같이 믿었던 추월도
돈 떨어지자 다른 남자에게로 정을 옮기고, 춘풍에 대한 박대가
심했다.

그는 집에도 갈 수 없고 추월이 집에서 하인 노릇을 하지 않
으면 안 될 신세가 되고 말았다. 이러한 남편의 소식을 들은 부
인 김씨는 눈물로 지내다가 삯바느질해 주던 뒷집 김인수란 사
람이 평양 감사가 되어 부임해 간다는 말을 듣고 찾아가서 남편
의 사정 이야기를 하고 남자 복장을 하고 따라가기를 간청했다.

평양으로 간 김씨는 남편이 묵고 있다는 유추월의 집을 찾아
가서 유추월의 몰인정한 처사를 규탄하고, 남편을 질책하고는
2천 500냥을 고스란히 찾아 남편을 주어 보내고는 감영에 가서
감사에게 하직하고 남편보다 빨리 집을 돌아와 남편을 반갑게
맞았다.

이 작품이 쓰여질 당시인 조선 말기는 정치적으로는 당파 싸움이 지속되었고, 권력 계층의 관직 독점이 매우 심했다. 이 결과 몰락하는 양반들이 속출했으며, 돈으로 관직을 사고 파는 일까지 있을 정도였다. 농촌에서는 광작이 퍼져 힘없는 농민들이 집을 잃고 떠돌아다니는가 하면, 도시에서는 독점적 도매상인 도고가 상권을 장악함으로써 영세한 상인들을 자신의 터전을 잃어버려야 했다.

이와 같은 사회적 환경 속에서 한 사회에 대한 불신을 담은 풍자 소설들이 많이 등장했는데, 특히 이 작품을 비롯하여 〈배비장전〉·〈삼선기〉 등은 이 땅을 배경으로, 위선에 얼룩진 양반 사회를 신랄하게 비판했다. 이들 작품이 기생에 빠진 양반들을 그 대상으로 함으로써 양반들이란 평소에는 도덕과 선비를 말하면서도 속으로는 갖가지 추태를 부리는 별볼일없는 인물임을 비꼬고 있기도 하다.

〈이춘풍전〉은 작품에 등장하는 인간 묘사를 여실히 표현했다는 점에서 우수성을 찾을 수 있다. 아울러 주인 의식이 강한 여성의 활약으로 방탕한 생활을 하는 남성을 바로잡고 몰락한 가정을 일으킨다는 점에서 당시 변화된 여성의 모습을 보여 준다.

이 작품은 필사본으로만 전해 오며 세 종류가 있는데, 내용은 같다.

# 삼선기

예전에 한 사람이 있었으니, 성은 이(李)요, 이름은 춘풍(春風)이었다. 누세 사환가(仕宦家)로 수천 석 추수를 하고, 100여 간 기와집에 남녀 노복이 수백 명이요, 세간 집물이 불가승수(不可勝數)라. 통국(通國)에 몇째 아니 가고, 또 자손이 성성하여 남들이 복가라 하는지라. 이생(李生) 4형제에 둘째는 소년 등과하여 한각(翰閣)[1]을 차례로 지내고, 셋째는 동문진사하여 세마(洗馬)[2]로 있고, 넷째는 외양이 동탁(童濯)하여 과목(果木)으로 치되, 아직 10세 남짓하더라. 삼자가 다 유명하되, 맞사람과 비교하면 봉과 닭이요, 용과 뱀이라. 그러나 천성이 고상하여 부조의 부귀를 불의(不義)라 하고, 아우들이 대소과(大小科)할 때에 보기 싫어 피해 다니니, 혹은 칭찬하여 가로되, 이모(李某)는 천생 연골(軟骨) 학자로 도학이 고명하고 기상이 탁월

---

1) 한림과 각신.
2) 고려 문종 때 동궁의 종5품의 벼슬.

하니 일후의 국가 주석지신(柱石之臣)이라 하고, 혹은 인물 아까운 괴물이라 하되, 이모는 도무지 들은 체 아니하고, 옳다 그르다 말이 없이, 종일 꿇어앉아 경학(經學)에 잠심하여 밥 먹기를 잊고, 잠을 자지 아니하고, 부모를 늦도록 모시지 못함을 한하여, 기일(忌日)을 당하면 전칠후칠(前七後七)을 재계하고, 설움을 이기지 못하여 훼척골립(毁瘠骨立)할 지경에 이르고, 날마다 닭이 처음 울면 일어나 소제하고, 가묘(家廟)에 참배하고, 친산이 고향 땅에 있으니, 상거 50리라.

매월 삭망마다 성묘할새, 그 아우들이 말과 교자를 준비하되, 연로에 색주가(色酒家)와 여염 계집이라도 그 인물을 흠모하여 정신없이 보고, 혹 실과나 옥잠이나 옥지환을 빼어 던지고, 어떤 오입장이 계집은 차마 탐이 나 못 견디어 달려들어 들입다 안되, 손으로 물리칠 뿐이요 눈을 들지 아니하니 세상이 이르기를 배안의 학자요 화식(火食)하는 부처라 하더라.

외당은 빈객이 가득하여, 세상의 세리(世利)와 공명의 의논인고로, 그 번화함을 괴롭게 여겨 조용한 방을 치우고 혼자 있어 문 밖에 나지 아니하니, 집안 사람이라도 가 보지 아니하면 그 얼굴을 보지 못하고, 부부의 인륜(人倫)을 모르는 게 아니로되, 침식을 잊는 지경에 어찌 다른 생각이 있으리요. 이러므로 취실(娶室)한 지 10여 년에 내외지정을 아주 모르더라.

이생의 고명한 학식이 통국에 유명하여 대신이 천거하되, 이 모든 명환 귀족의 자손으로 공명에 뜻이 없어 세상 번화를 부운같이 여기고, 경학을 잠심하여 치국 평천하할 만한 재덕을 품었다 하여, 사헌부(司憲府) 장령(掌令)과 경연(經筵) 시독관(侍讀官)을 시키되 들은 체 아니하고, 군위 현감(軍威縣監)과 영광 군수(靈光郡守)를 제수하니, 내직(內職)도 아니하거든 어찌 분요한 민정을 다스리려 하리요. 공부 차지 못하고 신병이 있음을 갖추어 표를 올리고, 세상에 출각(出脚)할 마음이 아주 없으니, 뉘 능히 그 효효한 뜻을 돌리리요. 이른바 불사왕후고상기사(不事王侯高尙其事)[1]요, 종남첩경(終南捷徑)[2]을 비소(鼻笑)할러라.

하루는 그 처남 김시랑(金侍郎)이 와 보고 가로되,

"형의 성현의 도를 즐겨하옴은 항복하려니와, 사속(嗣續)을 경영하지 아니하니 후사(後嗣)를 어찌 하느뇨? 불효를 범하지 아니할까?"

하온되, 이생이 이윽고 보다가 가로되,

"형의 말씀이 지당하도다."

하더니, 그 부인이 이태하여 일자를 두니라. 항상 그 아우더러 경계하여 가로되,

"너희들이 일찍 공명에 유의하여 분경(奔競)을 면하지 못하니, 부디 조심하여 옛 성현의 심연박빙(深淵薄氷)의 훈계를 생각하고, 통통촉촉(洞洞燭燭)하여 부모·조상에게 욕이 돌아오지 아니하게 하라."

그 아우 형제 형의 엄훈을 받들어 겸양하는 덕이 조정에 유명하더라.

하루는 친산 성묘 길로 갈새 홍제원(弘濟院)을 지나니, 모든 활량들이 활을 쏘다가 이 학자 지남을 보고 일시에 나와 인사하

---

1) 조정에 나아가 벼슬하기를 싫어하고 숨어살면서 뜻을 높이하여 절조를 지키는 은자(隱者)의 지조를 말함.

2) 종남산에 숨어살 때에 세인으로부터 존경을 받아 허명(虛名)을 얻었기 때문에, 벼슬길에 이를 수 있는 빠른 길이 되었다는 것.

고 뵈옵기를 청하거늘, 연연히 답례하고 후일 만남을 기약하였더니, 이튿날 돌아올새 마침 날이 저문지라, 활량들이 기다리고 있다가 일시에 부액(扶腋)하여 모시고 가거늘, 이생이 대경하여 무수히 방색(防塞)한들 어찌 당하리요. 한 곳에 이르러 모셔 앉히거늘 마지못하여 앉았더니, 그중에 한 놈이 꿇어앉아 가로되,

"우리들이 사람되는 도리를 알지 못하나니 원컨대 선생님께옵서 가르치소서."

하고 차례로 술을 권하거늘, 이생이 겸손하게 가로되,

"학생이 하는 것이 없으니, 어찌 열위 제공(列位諸公)을 가르치며, 본래 술을 먹지 못하오니 용서하시와 수이 놓아 보내소서."

좌중이 일시에 웃고 가로되,

"세상에 문무 양반이거늘 무슨 일인지 본래 무변(武辯)을 천히 여기는 중 선생님이 더욱 더하신고로 오늘날 모시옴은 그 연유를 묻고자 함이라."

하고, 패악한 말과 능갈친 행동이 듣던 바 처음이라. 이생이 귀를 씻고자 하나 아무리 할 수 없어, 온언순사(溫言順辭)로 겸손하게 가로되,

"학생이 성졸(性拙)하여 외인 교섭이 없사오니 어찌 열위 제공을 괄시하오리까?"

하니 모두 웃으며 가로되,

"선생의 거가에 동정을 자세히 모르거니와, 매삭에 두 번씩 이곳을 지나시되, 무슨 혐의로 한 번도 거들떠보지 아니하고, 향자에 우리들이 연회할 때에 무슨 원수로 부채 차면(遮面)하고 지나가시고, 읽으시는 글이 모두 우리 같은 사람을 욕하는 글이

라 하니, 그 말이 옳사오며, 옛말에 사람을 소가 낳았단 말도
있다 하고, 사람의 몸이요 소 대가리로 농사법을 가르치고, 뱀
의 대가리요 사람의 몸으로 사람을 많이 잡아먹었다 하고 사람
의 몸이요 소 자지로 세상 사람을 만들었다 하고, 글 잘하는 선
비가 오랑캐 목을 옭아 왔다 하니, 선생은 몇이나 옭아 왔사오
며, 공자님이 도척(盜跖)[1]에게 아무 말도 못 하셨다 하니, 그런
성인으로 어찌 도척 놈에게 휘이시며, 안자(顔子)[2]가 밥이 굶어
부증이 나고, 증지(曾子)[3]가 옷이 없어 팔뚝이 울근불근하고, 자
로(子路)[4]가 해진 모시 도포를 입고 빌어먹었다 하고, 맹자[5]가
짚신을 도적하다가 주인에게 들켜 사과하였고, 도연명(陶淵明)[6]
이 굶어 죽었다 하고, 주자(朱子)[7]가 글을 너무 많이 읽다가 눈
이 멀었다 하오니, 그 말이 옳을진대 선생은 공부하시와 무엇하
시며, 그 지경 되기를 원하나이까. 그것이 모두 거짓말이나, 그
렇지 아니하고 참말이면 글 좋단 말 그런 제 어미 붙을 쇠·개
자식이 있겠사옵니까. 서서히 말씀하시와 우리들의 의혹이 없
게 하시고, 듣사오니 송나라 고경(高瓊)[8]이 평일 문신에게 오죽
욕을 보았으면 단연 싸움에 글지어 도적을 피하라 하였고, 고려
시대에 정중부(鄭仲夫)[9]가 분을 이기지 못하여 한칼로 문신을

---

1) 중국 춘추 시대의 몹시 악한 사람.
2) 공자의 제자. 이름은 연, 자는 회. 39세로 죽음.
3) 공자의 제자. 이름은 삼, 자는 자여.
4) 고자의 제자. 성은 중, 이름은 유.
5) 중국 전국 시대의 사상가. 이름은 가, 자는 자여.
6) 중국 진(晉)나라 때의 문인. 이름은 잠.
7) 중국 송나라 때의 사상가. 이름은 희.
8) 중국 송나라 때의 무신. 진종의 무신으로 검교태위를 지냈음.
9) 고려 의종 때의 무신. 의종을 몰아내고 집권함.

128

모조리 죽였다 하오니, 그러한 일도 있는지 우리는 모르거니와, 평일에 오죽 교만하고 아니꼬와야 그 지경을 하였사오며, 문신들도 저의 죄를 짐작하고 마땅히 죽을죄에 죽었기로 아무 용계를 못 하였지, 만일 애매할 지경이면 제 무리는 가까이 돌아 권리가 유여하니, 어찌 무슨 꾀로 하든지 그놈들이라 아무 말도 못 하고 죽을 리 만무하옵고, 또 우리는 아직 벼슬을 못 하였거니와, 만일 과거하면 병수사(兵水使)를 지낸 후라도 소위 이조라나 발금장인가 저희들만 혼자 맡아두고, 벼슬 지내야 아전(衙前) 3년만 지내도 우리네의 절을 젊은 놈의 자지같이 꼿꼿이 앉아 받고 나이 저의 할아비 동갑이라도 으례 하대하고 갖은 교만을 다 부린다니, 그런 발가락을 젖힐 놈의 새끼가 어디 있으며, 동홍 때 학흉배(鶴胸背)[1]는 하늘이 제수하였는지 저 혼자 차지하고, 사인교(四人轎) 평교자(平轎子)는 포도청에 갇힌 모양이라 우리 불찌도 아니하오나 우리 못 타게 하옴이 절분하옵고, 도포조차 저희만 입으니 도무지 욕지기가 나서 못 견디겠으니 그런 개자식들이 어디 있겠사옵니까. 그 모양으로 지내다가는 음지가 양지 되는 날은 일시에 우리 손에 쥐소리 치고 죽을 지경을 당하거든, 우리네 쾌활한 목소리로 요놈들 이제도 한번 크게 지르면 대장부의 사업이 아니리까. 선생은 무슨 뾰족한 꾀로 정승의 증손자요 판서의 손자요 판서의 아들로, 벼슬에 뜻이 없이 쭈그리고 앉아 밤낮으로 공자 맹자 탱자이니 《시전(詩傳)》·《서전(書傳)》· 딴전이니 하고 앉아 무엇을 빨려 하고, 좋은 벼슬을 시켜도 아니하시니, 그렇게 싫은 벼슬 우리나 좀 시켜 주

1) 조선 시대 문관 관복의 가슴과 등에 대던 학의 자수.

시오, 오늘날 우리들에게 이 지경을 당하였으니, 놓아 보내면
무슨 농간질하여 우리를 포도청이나 형조로 잡아들여 죽이든지
귀양을 보내든지 할 줄은 아오나, 오늘이야 옴치고 뛰지도 못하
고 우리 손아귀에 걸렸으니, 내일은 어찌 되든지 당장에는 법은
멀고 주먹은 가깝사오니 할 대로 하여 보십시오.”

모든 잡놈들이 결금나기로 드나들며 욕설로 들이대니 공·맹
자가 당하신대도 하릴없고, 소진(蘇秦)²⁾·장의(張儀)³⁾가 부생
(復生)이라도 도리없을지라.

이때 이생이 무수한 패설과 질욕을 당하고, 좋은 말로 사양하
고 일어서려 한들 저희들도 한 깐이 있으니 어찌 놓으리요. 모
두 가로되,

“이 술 한 잔을 잡수옵시고 풀고 돌아가옵시면 모르려니와,
만일 아니 먹고 뽀로통하고 가시면 우리는 모두 죽는 날이니,
젠장 오늘 죽으나 내일 죽으나 한 번 죽기는 예상사(例常事)라.”
하고, 혹 손바닥에 침도 탁 뱉아 주먹을 불끈 쥐고, 혹 팔뚝을
쑥 뽑아 마룻바닥도 치며, 혹 가래침을 곤두 올려 녹은 퇴 아래
벼락치듯 뱉기도 하고, 혹 발길을 번쩍번쩍 들어 바람벽도 탁
차서 일시에 날치는 양은 홍문연(鴻門宴)⁴⁾에 한패공(漢沛公)⁵⁾
어루듯 하여 회색이 박두하되, 글 읽은 사람의 철석 같은 장위
(臟胃)에 지은 죄 없으니, 일호(一毫) 구겁(拘㤼)이야 있으리요
마는, 바삐 빠져갈 경륜(經倫)으로 공경하여 가로되,

2) 중국 전국 시대의 정치가. 6국의 합종책을 주장하여 그 장이 됨.
3) 중국 전국 시대의 정치가. 6국의 연형책을 써서 6국을 진(秦)나라에게 복종하게 했음.
4) 중국 초한 때 한나라의 고조와 초나라의 패왕이 지금의 섬서성 임동현에 있는 홍문 땅에
서 연회를 했음.
5) 중국의 한고조 유방.

"열위 제공이 웃노라고 하신 말씀을 학생이 어찌 패념하오며, 학생이 본디 건구(健軀)하지 못하오나 주시는 술을 아니 먹지 못하와 한 잔 먹사오니 지극 감사하여이다."
하고 술잔을 들어 마시니, 평생에 처음이라 옥 같은 얼굴에 홍훈(紅暈)을 띠었으니 만고일색이라.

모든 활량들이 상한(傷寒)이 날 지경이라, 혹 시절가도 하고 좋은 초성으로 권주가로 하며, 백옥잔에 홍소주를 가득 부어 드리며 가로되,

"주불쌍배(酒不雙杯)라 하니 살아서도 석 잔이요, 죽어서도 석 잔이라. 반 남아 늙었으니 다시 젊든 못 하리라. 이 술 한 잔 잡수시면 춘풍 화기하고 안 먹으면 주먹당상이요, 한 잔 술에 눈물이요 살아생전 일배주라."
하며 손을 붙들고 입에 대거늘, 마지못하여 마시니 인하여 대취하였는지라.

"빙옥(氷玉) 같은 몸이 연감덩이 같고, 효성(曉星) 같은 양목(兩目)이 불구슬이 될 지경에, 아무리 단정정일(端正精一)한 마음인들 어찌 견디리요."

주력을 못 이겨 쓰러짐을 깨닫지 못하니, 이른바 옥상자(玉箱子)로 비인 퇴가 아름다운 말이라. 이에 모든 활량들이 의논하여 가로되,

"이 사람의 도학이 대단히 고명하다 하니, 우리 그 도학을 깨뜨림이 어떠하뇨. 그러나 술만 깨면 그 빙설 같은 마음을 누가 능히 돌리리요."

좌중에 한 여자가 자원하되,

"내 능히 그 절개를 변하게 하리니, 날과 백년해로(百年偕老)

하여도 아무 양반도 시비 말으시리이까."

모두 보니 이는 기생 홍도화(紅桃花)라. 본디 선천(宣川) 사람으로 10세에 가무와 음률이 구비하고 인물이 절등하더라. 평안도 내에 명기 둘이 있으니, 안주(安州)에 유지연(柳枝蓮)이요, 선천에 홍도화니, 음률은 고사하고 문필이 유여하며 지조가 특출하되, 이미 기생 출신인고로 마지못하여 행공 거행하나, 항상 우울하여 사람을 구하더라.

감사(監司)·수령(守令)은 세력으로 압제하고, 호화자제와 오입장이 들은 노류장화(路柳墻花)로 다투되, 어찌 항복하여 감심하리요. 나이 18세 되도록 사람을 만나지 못하여 양인이 의논하여 가로되,

"우리 궁향(窮鄕)에 생장하여 문견이 넓지 못하니, 천금씩 들여 기안(妓案)에서 제명(除名)하고, 경성에 올라가 마음대로 구경하리라."

하고, 수천금을 들여 정속(正贖)한 후 즉시 올라와 두루 다니며 살펴보되, 하나로 마음에 들지를 않는지라, 교방(敎坊)을 찾아가니 모든 기생이 모였고, 장안 장외의 오입장이가 돌아앉아 재주를 시험하거늘, 몇몇이 인사하고 말석에 앉으니, 좌중이 적적하여 정신이 없더라. 양인이 다시 일어나 치하하여 기로되,

"우리 등이 하향에 생장하와 문견이 국척(跼蹐)하옵기로, 장안 물색을 구경하고자 하여 왔삽다가 오늘 화연(華宴)에 참예하오니, 하향 천종(賤種)이 지극 엄숙하와 두서를 차리지 못하오니, 열위 군자와 모든 형제께옵서 용서하시오리까?"

좌중이 처음 그 모양의 출중함을 보고 십분 흠앙하더니, 그 수작을 들으매 뉘 아니 흠복하리요. 장안 모가비 장낙하(張落

霞)와 14 교방(敎坊)의 도수석(都首席) 영산홍(映山紅)이 일시에 몸을 일으켜 답례하고 가로되,

"양위 교서의 방명을 들은 지 오래더니, 오늘날 상대하오니 좌상에 광채 조요하도소이다."

양인이 겸손하게 가로되,

"소자 등이 늦게야 음률에 유의하는 체하였사오나 채를 마치치 못하였사오니 더럽다 마시고 가르치심을 바라나이다."

영산홍이 다시 사양하고 가로되,

"우리 서로 만나매 무슨 사양함이 있으리요. 아직 날이 늦지 않았으니 한바탕 놀아 보사이다."

하고, 초미금을 내려 홍도화를 맡기고, 장낙하는 단소를 차고, 영산홍은 목청을 가다듬어 채련곡(採蓮曲)을 시작하거늘, 양인이 사양하지 않고 각각 줄을 골라 무릎에 얹어 놓고 의란조와 옥색연을 시작하니, 육률(六律)이 화명하고 오음(五音)이 불란하여 정신을 동탁하는지라, 곡조를 사례하여 가로되,

"배우려 하여 시험하였사오나 지극 황송하여이다."

하니, 좌중이 일일 탄복하여 감히 말을 내지 못하더라. 인하여 하직하고 나와 의논하여 가로되,

"대강 인물도 극귀하도다. 장낙하와 영산홍은 장안에도 판막음한다는 위인이 일개 탕자 음녀(蕩子淫女)를 면하지 못하니 도리어 불쌍하도다. 우리 아직 재상의 인물은 못 보았으니 기회를 기다리자."

하더니, 마침 만조백관을 시가(侍駕)하여 서호(西湖)[1]에 성연을

---

1) 옛날 서빙고 앞 한강을 서호라고 했음.

배설한다 하거늘, 양인이 참예할새 순담(淳淡)한 의복으로 나아가니, 포진(布陣) 범절(凡節)이 풍비하고 금옥이 만좌한 가운데, 영산홍이 수십 명 기생을 데리고 풍치를 돕다가, 양인을 보고 놀라 기좌(起坐)하고 가로되,

"사관(舍館)이 어디시완대 한번 작별 후 다시 못 뵈왔삽더니, 이 자리에 뵈오니 감사하여이다."

열위 재상이 일시에 신혼이 담락(湛樂)하여 기울어진 관을 바르지 못하고, 내 몸이 어디 있는 줄 짐작하지 못하여 좌석이 적막하다가 가로되,

"조선 인물을 영산홍뿐으로 알았더니 과연 이상하도다."

영산홍이 꿇어 가로되,

"저 낭자는 천상 물색이옵고 인간 속태는 아닌 중, 그 음률은 능히 요순(堯舜) 삼대(三代)적 풍류를 정진하온 듯, 소녀 등의 유는 아니오니 복망 상공은 시험하여 보옵소서."

이에 자리를 주고 차하하여 가로되,

"우리 등이 흥을 억제하지 못하여 약간 주효를 가지고 소풍할까 하였더니, 의외에 천선이 하강한 듯하니 지극 감사하도다."

양인이 공경하여 가로되,

"소인 등은 원향(遠鄕)에 생장하와 경화(京華) 성의를 구경하고자 왔삽다가, 오늘날 당돌히 촉범(觸犯)하였삽더니, 열위 상공께옵서 너무 관대하오니 황공하와 아뢰올 말씀이 없나이다."

제공이 책책(嘖嘖) 칭찬하여 가로되,

"탁문군(卓文君)[2]의 인물과 설교서의 문장을 고서에 보았더

---

2) 중국 한나라 때의 부호인 탁왕손의 딸.

니 오늘 다시 친히 보거니와, 사마상여(司馬相如)[1]와 고병(高
騈)[2]의 문장 재덕이 없으니 어찌 품재(品才)하리요."

양인이 화공 손사하고 앉으니, 술이 두어 순배 지나매, 한 재
상이 청하여 가로되,

"알든 못하오나 한 곡조를 아끼지 아니할까."

한대, 양인이 손사하고, 홍란은 거문고를 가지고 유랑은 노래하
여 벌목정정(伐木丁丁) 조명영영(鳥鳴嚶嚶)[3]을 서로 화답하니,
옛날 풍류 지을 때에 봉황의 자웅성(雌雄聲)을 다시 듣는 듯, 수
십 명 일등 명기들이 혼을 잃고 앉았더라. 삼장을 마치매 일어
나 하직하니 뉘 능히 만류하리요. 다만 다시 옴을 당부할 뿐이
라. 양인이 사처에 돌아와 탄식하여 가로되,

"자고로 인물이 극귀하기로 몇천 년 이래에 자도(子都)[4]와 진
평(陳平)[5]과 두목지(杜牧之)[6]뿐일까. 옳도다, 우리 만일 문장과
인물과 취지가 당나라 이적선(李謫仙)[7] 같은 이를 얻지 못할 지
경에는, 차라리 문을 닫고 들어앉아 문주금기(文酒禁忌)로 세월
을 보냄이 옳을까 하여 경성에 왔더니, 방불한 자질로 없으니
어찌하리요."

유랑이 가로되,

---

1) 중국 한나라 때의 시인으로 과부로 있는 탁문군을 봉구황곡으로 유인해서 가연을 맺었음.
2) 중국 당나라 희종 때의 무신. 황소의 난을 격파하고 유명해짐. 시중을 거쳐 발해 군왕
   이 됨.
3) 《시경(詩經)》·《소아(小雅)》·《대목(代木)》편의 제. 행과 제 행, 나무 베는 소리가 정
   정하고, 새 우는 소리가 영영하다는 뜻.
4) 옛날 중국 미남자의 이름.
5) 중국 한나라 때의 무신.
6) 중국 당나라 때의 시인 두목. 목지는 자.
7) 중국 당나라의 시인. 이백.

"자고로 공자 왕손과 재상 자제를 일렀으니, 우리 좀더 구경하옴이 어떠할꼬?"

홍랑이 가로되,

"지고로 말세에는 새 임금을 기다려 개국공신(開國功臣)을 내기로, 개천에 용이 나고 자식이 아비보다 나을 수 있거니와, 지금은 승평세계라 인물이 평평할 것이니, 오늘 놀음에 모든 재상이 거의 모였으되, 하나도 특출한 군자를 못 보았으니, 그 자손이 불문가지(不問可知)일 것이니 다시 보아 무엇하리요. 우리 도로 내려가 고향을 떠나 사방에 운유(雲遊)하여 혹시 군자를 방문하다가, 또 구하지 못하거든 중원(中原)을 건너서 구경이나 하고 돌아와 정하게 늙음이 좋다."

하고, 행장을 차려서 문을 나서니 어찌 창연하지 아니하리요.

무악재를 넘어 홍제원에 이르니, 모든 활량들이 까마귀같이 지저귀거늘, 무슨 일이 있는가 하여 헤치고 들어서니, 한 소년 남자를 에워싸고 조롱하거늘 살펴보니 굵은 망건은 촌 생원도 쓰지 아니할 것이요, 사승 추포로 도포를 하여 입고, 육성목 바지 저고리와 버선이요, 손뼉 같은 옥현대로 가슴에 돌아매고 앉았으되, 옥 같은 옥륜(玉輪)이 비치었고, 돌을 원만한 천장에 원산(遠山) 같은 눈썹이 팔자로 빗기었고, 단사(丹砂)로 찍은 듯한 입술에 검은 수염이 다문다문 나고, 섬섬옥수는 백공단 주머니에 풀솜을 가득 넣어 보글보글 만지는 듯, 동탁작약(童濯綽約)한 태도와 단정현앙(端正縣仰)한 풍채와 쇄락정대(灑落正大)한 기상이 천만인 중 제일이요 천상 천하에 으뜸이라. 여러 잡놈들이 무수히 조롱하되, 박힌 듯이 꿇어앉아 조금도 동요하지 아니하니, 엄위(嚴威)한 형용과 반가운 마음을 이기지 못할러라.

이윽고 권함을 이기지 못하여 삼배주를 마신 후 홍동화 양협에 솟으며 미미히 웃는 모양 목단화 아침 이슬에 반쯤 피는 듯, 주력에 곤하여 옥부처 같은 몸을 안상에 기울여 눕거늘, 유지연이 나아가 받들어 고이 모셔 누이고 밖으로 나갔더니, 모든 활량들이 그 마음 돌리기를 원하거늘, 홍도화 자원하니 좌중이 모두 혼연하여 가로되,

"낭자는 경향에 유명한 범절로 장안 모가비 장낙하가 숨도 못 쉬고, 조선 명기 영산홍이 고개를 들지 못하니, 오늘 저 천생 학자님께 향할진대 뉘 능히 막으리요마는, 연조문 쇠사슬은 창아등을 만들어도, 저 학자의 절개는 휘지 못할 것이요, 종각에 달린 인경 꼭지는 말랑말랑하도록 주물러도, 저 학자의 염통은 찔러도 못 보고, 호조(戶曹)에 동부동 순금덩이는 들었다 놓아도, 저 학자의 창자는 들지 못하리니 힘대로 하여 보옵소서. 우리 등이야 어찌 요량하리까."

이에 양인이 교자에 모셔 본댁으로 인도하니라. 야심 후에 이생이 깨어 보니 집에 와 누웠고, 어제 일이 몽중 같은지라, 아우 3인이 모셔 있다가 깨어남을 보고 반가와 차를 올리고 연고를 물으니, 이생이 역력히 말하온데, 세마(洗馬)는 대로하고 한림(翰林)은 웃어 가로되,

"형장은 혐의 마소서. 저희들이 수백 년 쌓인 한을 풀 곳이 없다가, 형장의 평일 너무 온자하심을 여러 순 보았으므로 한 번 설원(雪怨)한 도량이니, 비록 혼자 당하신 듯하나 통조(通朝) 문관(文官)이 일시에 당한 일이요, 그 역시 우과풍과(雨過風過)오니 형장께서는 아무 손해 없삽고 저희들이 불쌍하여이다."

이생이 아무리 분한들 할 수 없고, 그 후는 조심하여 피하더라. 수일 후에 양개 서생이 명함을 드리거늘 맞아들이니 들어와 예배하고 가로되,

"소생 홍영학(洪榮學)은 선천 사옵고, 소생 유봉학(柳奉鶴)은 안주 사옵더니, 하향 천종으로 문견이 넓지 못하여 경화 성사를 찾아 흉금을 넓히옵고, 경학하옵시는 선생을 모시고 공부를 유의할까 하여 올라왔삽더니, 선생님께옵서 도학이 고명하심을 듣잡고 교화를 받자올까 하나이다."

하고 다시 일어나 절하고 폐백을 올리거늘, 이생이 사양타 못하여 받고 살펴보니, 선연한 골격과 발월한 기상이 반악(潘岳)[1]의 풍채와 이태백(李太白)의 용모를 겸하였고, 단정한 범절과 은공한 거동이 볼수록 반갑고 사랑하여 놓을 마음이 없는지라.

3인이 대좌하니 주객을 분별치 못하겠고, 공부를 시험하니 비록 경학은 없으나 영오한 재주와 특달한 의새 의표에 나가는지라. 새로이 경학을 잠심하니 강하를 터놓은 듯, 불과 수월 동안에 지식이 통투하니, 주야로 강론하여 즐거운 마음을 측량하지 못하되, 양인이 너무 사제지분(師弟之分)을 차려 수삭이 지나되, 한 번도 우러러보지 아니하고 웃는 양을 보지 못하나, 모시고 있어 일동일정을 대신하고 조금도 태만한 모양이 없으니, 이공의 정대한 성정으로도 항복할지라.

하루는 한가함을 탐하여 월영루(月影樓)에 오르니, 원래 이공의 조고(祖考) 이상공(李相公)이 노래(老來)에 벼슬을 하직하고 집에 늙을 때에, 외헌(外軒) 동편에 월영루를 짓고, 앞에 연못

---

1) 중국 진(晉)나라 때의 문인. 미남으로 유명함.

을 파고 못가에 백화를 심고 못 가운데 대석가산(大石假山)을 모았으니, 물색이 가장 소쇄하고 누마루가 높아, 올라 앉으면 장안 경계가 눈앞에 벌였고, 누 옆에 연익당(年益堂)을 짓고 백가서(百家書)를 준비하여 갖추니, 이는 자손을 계계승승하게 함이라.

이공이 공명에 뜻이 없이 번화한 것을 취하지 않는고로 연익당에 와 공부하되, 한 번도 월영루에 오르지 않았더니, 이날 양인을 데리고 누에 올라 보니, 이때 정히 삼월망간(三月望間)이라.

백화는 만발하여 난간을 덮었고, 청활한 물은 연못에 가득하여 반 줌 티끌이 없고, 층층한 연엽은 군자의 본색을 자랑하고, 사이사이 금붕어는 양양자득하여 잠겼다 떴다 하고, 만호 장안에 꽃과 버들은 춘색을 자랑하고, 총총한 아름다운 기운은 오운을 옹위하였으니, 왕자안(王子安)[1]의 임고대(臨高臺)는 고금이 일반이라.

이 학자의 온자한 심지로도 춘사가 있거든, 하물며 양랑이야 번화장에 생장하여 호탕한 풍채와 활발한 행동이 남녀를 겸하여 일시라도 고적한 것을 모르다가, 이 학자의 옥모 영풍을 흠모하여 그 철석 심장을 돌릴 경륜으로 본색을 변개하고 여화위남(女化爲男)하여 사색 없이 모시나, 해동청(海東靑) 보라매가 다리에 끈을 매어 횟대에 앉았으며, 만수번음(萬樹繁陰) 꾀꼬리가 목에다 굴레 쓰고 농중에 갇힘과 같아, 어찌 울적한 회포 없으리요.

---

1) 중국 당나라 때의 시인 왕발. 자안은 자.

이 날을 당하여 절승한 경개를 구경하매 자연 감동하는 의새 보이거늘, 이공이 그 사색을 보고 행여 고향 생각 있는가 하여 위로하고, 등자에게 거문고를 가져오라 하여 무릎에 놓고 섬섬 옥수로 줄을 골라 사향곡(思鄕曲) 3장을 타니, 그 정중 온아한 의새가 석가여래 부처님이라도 요동할지라. 곡조를 마치매 양생더러 가로되,

"공 등이 번화지에 생장하여 음률에 밝으리니 한번 타 속객을 가르치라."

양랑이 그 용모 동지를 새로이 흠모하여 들입다 안고 싶으되, 겨우 주리치고 공경하여 가로되,

"하향 천생이 어찌 아는 게 있사오며, 또 선생의 희음(稀音)은 옛적 삼황(三皇)의 정음(正音)이라, 소생 등이 어찌 화답하오리까. 그러나 이미 존명이 계시오니 어찌 거역하리까."

하고, 유랑이 나앉아 한 곡조를 타니, 이공이 공경하여 가로되,

"우우하며 풍풍하도다. 제순씨(帝舜氏) 남궁(南宮) 훈풍이 오늘 다시 불도다."

홍랑이 또 한 곡조를 타니, 이공이 추연 탄식하여 가로되,

"처창하고 핍진하도다. 해숙야(嵇叔夜)의 광릉산(廣陵散)[2]이 세상에 전하지 못한 줄 알았더니, 그대는 왕자교(王子喬)[3]의 후신이라. 오늘날 막약산하를 다시 탄식하는도다."

하거늘, 양랑이 서로 돌아보고 그 지음(知音)하는 양을 신기하

---

2) 해숙야는 중국 진(秦)나라 때의 죽림칠현의 한 사람. 이름은 강, 자는 숙야. 광릉산은 금곡의 이름으로 해강이 은자(隱者)로부터 전수를 받았다고 함.
3) 중국 주나라 영왕의 태자. 이름은 진. 취생(吹笙)을 잘해 봉을 울게 했다고 하여, 신선이 되었다고 함.

여, 골똘한 계교 이룰 도리가 있음을 기꺼워한들 뉘라서 그 속을 알리요. 양인이 다시 일어나 겸손하게 가로되,

"소생 등이 잠깐 배웠사오나 곡조 이름을 몰랐더니 선생님께옵서 가르치시니 지극 황감하여이다."

하고 인하여 아뢰되,

"소생 등이 하향 천종으로 경성에 왔삽다가, 천만이외에 선생님을 모시와 공부 성장하옵고, 문견이 광복하오니 세세생생에 잊삽지 못할 터이오며, 평생을 모시려 하오니 더럽다 아니하시리까?"

이공이 겸손하게 가로되,

"학생이 나이 차지 못하여 공부 미거하므로 항상 욱익한 사우(師友)를 만나 배울까 하오되, 천성이 극졸(極拙)하여 문 밖을 나지 못하였더니, 의외에 양공을 만나 주야로 진익하오니 평생 원이 마친지라, 어찌 일시나 놓으리까."

양랑이 다시 기좌하여 꿇어 가로되,

"소생 등이 일찍 부친을 여의옵고 편모 시하에 일시를 떠나지 못하옵다가, 이번 걸음에 세월이 오래오니 사정이 적박하온지라, 잠깐 내려가 모친께 뵈옵고, 여간 산업을 책매하여 편모를 모시고 평생을 지내려 하오며, 또 어렵사온 소회 있사오니, 혹자 통촉하시리까. 옛말에 '자성제인이란 말씀으로 사람마다 저 사는 곳이 좋다' 하옴은 인지상정(人之常情)이라. 소생 등 사는 곳이 산천이 수려하오며, 평양은 2천 년 왕도라, 단군(檀君)의 왕적과 기성(箕城)의 유적이 그저 있사와 정전터가 완연하오며, 와성은 양서의 추토라 아송이 풍풍하오니 한번 보실 만한지라. 복망 선생님께옵서 한번 굽히사 행차하옵시면, 소생 등

이 모시옵고 내왕하며 송경(松京)을 지나다가 여왕의 400년 흥망과 정포은(鄭圃隱) 선생의 구적을 추감(追感)하옵고, 해주를 지나다가 율곡(栗谷) 이문성공(李文成公)의 유촉을 추앙하시옵고, 평양은 산천이 수려하여 한양과 다르옵고 완상할 만한 고적이 많사오니, 존의(尊意)가 어떠하실는지 황공하여이다."

이공이 침음반향(沈吟半晌)에 생각하되 내 세상에 난 지 28년에 강산 구경을 못 하였더니, 저 소년은 진개 출등한 인재로 평생을 같이 있을 모양이요, 진실 무의미한 사람이니 이런 기회를 놓치면 흉금을 넓힐 도리 없고, 아무 때라도 나 혼자는 출입이 재미없고, 또 그 말이 유리할 뿐이라. 그 영풍 도골을 잠깐 이별이 아연하니, 내 수십 일을 허송하옴이 아니라 간 데마다 유익한 도리 있으리니 어찌 즐겁지 아니하며, 저의 간청을 구태여 어길 것이 아니라 하고 쾌히 허락하니, 양인이 대취하여 다시 아뢰되,

"행구 범벌을 어찌 준비하시리까?"

이공이 가로되,

"죽장망혜(竹杖芒鞋)로 촌촌 전진하여 산천 경물을 완상하옴이 어떠할꼬?"

양인이 꿇어 가로되,

"선생님께옵서 10리 행보를 못 하여 계시니 내왕 천 여 리를 어찌 도보하시리이꼬. 나귀 하나를 이끌면 소생 등은 해보가 능하온즉 선생님께옵서 간간이 타시오면 소생 등이 보호하여 모시리니, 한가한 풍치를 도울 듯하여이다."

이공이 허락하고 두 아우를 불러 의논하니, 한림 형제 이왕에 양생의 재모를 흠앙하다가, 형장과 동행하여 강산 구경한다는 소식이 신기하여 양인에게 치하하여 가로되,

"우리 사형(舍兄)이 너무 고상하시와 세정을 안주 모르시더니, 양위 공자를 만나신 후 잠적한 의사를 위로하고 공부상에 대단 유익하시더니, 지금 또 도행하시와 서로 물색을 구경하오면, 우리 사형의 과도한 천성을 넓힐 듯 지극 감사하오며, 양공자는 세정에 한숙(嫻熟)하니 당부할 일 없다."

하고 행장을 차릴새, 필려 서동을 준비하고 노비는 가는 데마다 당겨 쓰게 하니, 양인이 가로되,

"소생 등이 둘이니 하나는 나귀를 이끌고, 하나는 행구를 챙기면 적당하오니, 제자가 되어 선생님 모심이 더한 영화 없사오니, 서동을 데리고 가면 도리어 누가 될까 하나이다."

한림이 그 말을 옳게 여겨 그대로 시행하니, 3인이 길을 나매 지기 상합할러라. 이공이 가묘에 하직하고 아우더러 가로되,

"내 이번 길이 지속을 예료(豫料)치 못하니, 그 사이 제사 범절을 각별 조심하고, 다른 일은 부탁할 것 없으되, 공명을 너무 탐하지 말라."

한림이 꿇어앉아 교훈을 받고 서문 밖에 나와 전송하더라.

행하여 고양(高揚)에 이르러 친사에 하직하고 차차 전진하여 송경을 지날새, 송악산(松岳山)·성거산(聖居山)은 기교한 봉만이 중천에 차아(嵯峨)하고, 낙타교(駱駝橋) 시냇물은 조소 흔적이 간데없으니 400여 년 흥망성쇠를 추감하고, 선죽교를 지나 송양서원(松陽書院)에 들어가 참배하며 포은 선생 충절을 흠복하고, 행하여 해주에 이르러 청성묘(淸城廟)에 들어가 백이 숙제(伯夷叔齊)[1]의 인덕을 추앙하고, 율곡(栗谷) 구기(舊基)에 들

---

1) 백이와 숙제는 중국 주나라 때의 충신. 주나라가 망하자 수양산에 들어가 굶어 죽었음.

어가 선현 유촉을 구경하니, 청명한 도학을 뵈옵는 듯 존경하
고, 3, 4일을 행하여 평양 지경에 이르니, 산천이 가려하여 2천
년 왕기(王氣)가 온자하고, 대동강(大同江)을 건너 연광정(練光
亭) 올라보매 현판이 걸렸으되,

　'장성일면용용수(長城一面溶溶水) 대야동두점점산(大野東頭點
點山) 만호누대천반기(萬戶樓臺天半期) 사시가취월중화(四時歌醉
月中花).'[2]

라 새겼거늘, 글을 보고 경개를 살펴보니 제일 강산이 분명하
다. 경파대(鏡波臺)를 굽어보고 부벽루(浮碧樓) 어디런고. 모란
봉(牡丹峰) 가려하다. 영명사(永明寺) 북소리는 원포귀범(遠浦歸
帆)을 머무는 듯, 양덕(陽德) 맹산(孟山) 양 강줄기 굽이굽이 내
려올 제, 반월도(半月島)·능라도(綾羅島)는 운중에 표묘하고,
형제산(兄弟山)·대성산(大聖山)은 산기도 수려하다. 두루 구경
하고 내려서서 기자묘(箕子廟)에 참배하니 삼대 면목 의구하고,
팔조교(八條敎)·정전법(井田法)은 고적이 망연하고, 외성을 찾
아가니 현송지성이 여전하다.

　이에 양랑이 이선생을 인도하여 대성산 하에 이르니, 수간 초
옥이 정결하되, 기묘한 대성산은 난간에 굽어 읍하는 듯, 잔잔
한 청계수는 시문을 둘렀고, 가후에 노송나무 아래 학 두루미
춤을 추고, 문전에 청삽살이 손을 보고 반기는 듯, 번화하기로
유명한 평양 한 모퉁이에 정적한 별업(別業)을 배설하였으니,
다름아니라 양랑이 본래 형세 유여한고로 선생 모시고 가는 연
유를 기별하여 몇 날 동안에 새로 집을 짓고 이 모양으로 배설

───────────────

2) 고려 충렬왕 때의 시인인 정지상의 시.

함이러다.

양랑이 선생을 모시고 들어가 좌정 후 차를 올리고 가로되,

"소생 등의 정이 형제 같사와 일시도 떠나지 못하여 연전에 이곳에 와 집을 짓고 둘이 모여 공부하던 곳이러니, 소생 등이 온다는 소식을 듣고 노모들이 고향으로 올라와 기다린 지 벌써 10여 일이온즉, 선생님을 모시고 행역이 죄송하옵고, 안주(安州)·선천(宣川)은 별반 경개가 없삽기로 이곳으로 모셨나이다."

이공이 가로되,

"그대 등이 나를 위하여 이다지 용심하니 도리어 미안하도다."

양인이 겸손하고 지공 범절은 이르도 말고, 낮이면 두루 경물을 완상하고, 밤이면 경의(經義)를 강론하니 반 천 리 타향에 왔으나 객회는 아주 없고 낙재기중(樂在其中)하여 세월 가는 줄을 모르더라.

하루는 대성산에 올라가니 평양성이 눈앞에 있고 사면 관망하더니, 상봉에 올라 보니 삼층 석대를 쌓아 놓고, 그 옆에 삼간 정자가 있으되, 돌로 쌓고 돌로 마루 놓고 돌로 우의를 이었으되, 정쇄하고 인적은 없거늘, 양생더러 물으니 가로되,

"일이 허탄하와 아뢰옵기 황송하오이다. 그러나 예로부터 전해 오는 말이 어느 때인지 이상한 사람이 내려와 간간이 있다 하옵기로, 거민들이 신선으로 지목하오되 보았다는 사람은 없삽고, 신라 진평왕(眞平王)이 사방에 유람하옵다가 이곳에 와 그 소문을 듣고, 석대를 쌓고 집을 짓삽고 49일을 재계하고 신선을 기다리다가 내려와 이르되, 신선을 만나보았노라 하고 퉁

소 일곡을 배웠다 하여 불면 백운(白雲)이 비양(飛揚)하고 공중에 학의 소리 들린다 하였고, 그 후에 경명왕(景明王) 때에 선녀가 내려와 옥소를 불며 기린굴(麒麟屈)과 을밀대(乙密臺)로 왕래하였다고 하고, 그 후에도 산상에 안개 자옥하면 무슨 소리가 난 듯하옵고, 월색이 명랑한 때면 간혹 신기한 자취가 있다 하오되 일이 심히 허황하옵고, 눈으로 보지 못하였사오니 아뢰옵기 죄송하오나 이미 물으시매 바로 아뢰옵나이다."

이공이 청파(聽罷)에 침음 반향에 가로되,

"예로부터 신선이란 말이 있기로 《사기(史記)》에 전하였고, 조선에도 강원도 고성(高城) 삼일포(三日浦)는 옛적에 신동들이 내려와 영랑(永郎) 술랑(述郎)이라 자칭하고, 3일 놀다가 갔기로 지금까지 삼일포란 이름을 전하였고, 최고운(崔孤雲) 선생이 합천 가야산에 들어가 화식을 먹지 아니하고 있다가 간 곳을 모르기로 신선되어 갔다 하되, 도무지 황당한 일이니 어찌 믿으리요."

하고 석대에 올라보니, 석면에 바둑판 형적이 은은하거늘, 고이하여 양생을 불러 보이니, 양생이 자세히 보다가 치하하여 가로되,

"아까 소생 등이 들은 대로 역력히 아뢰었삽고 한가지도 은휘하지 않았으되, 바둑 두었단 말은 듣지 못하였더니, 대강 신기하여이다. 선생님께옵서 명공(名公) 거경(巨卿) 댁에 성장하시와 자학(自學)과 범절이 그러하시니 환잡 급제와 고관 대작을 임의로 하실 터이옵고, 일등 미색을 방방이 두실 터이오니, 부귀를 부운같이 여기시고 주색을 아주 모르시나, 과연 연화계(蓮花界) 인물은 아니시오, 천선(天仙)이 하강하시와 도를 닦아 도

146

로 승천하실 터이옵기로, 소생 등이 번화장(繁華場)에 생장하와
잡념이 가득하옵더니, 선생님을 모시와 몇 달 지내옵고 세상 물
욕 색욕이 거의 끊어질 지경이오니, 하물며 천상군자(天上君子)
의 자질로 도학이 고명하옵신 선생님은 아무리 연화계에 계시
나 천만인 중에 머리 위로 다니시는 모양이시니, 곧 이른바 지
상 신선이시라. 또 신선이 별것이 아니와 인세간에 처하여도 물
욕 색욕을 아주 모르고 잡념이 도무지 없다가, 도성덕립(道成德
立)한 지경에 진세(塵世)를 하직하고 산중에 들어가 심지를 안
양하오면 청명 고결하여 정한 수한(壽限)이 없을 터이옵고, 옛
성인은 도성덕립은 출중하시오나 주야 생각이 생민의 도탄을
근심하시오니, 인세간 인연이 극중(極重)하신고로 만대에 이름
은 유전하실지언정 선분(仙分)은 적으신지라. 그러므로 고명한
인물은 세상의 영위가 없기로 옛날 팽조(彭祖)[1] 동방삭(東方
朔)[2]과 상산사호(商山四皓)[3]와 사마덕조(司馬德操)[4]와 진도남
(陳圖南)[5] 몇 사람의 재덕이 출중하오나 진세에 계관이 없삽기
로, 후세에 이름은 적으나 자가 신장으로 말씀하오면 신선이 아
니니이까."
　말이 채 끝나지 못하여 이공이 둘 틈에서 바둑 두 개를 얻으

---

1) 중국 요제 때의 선인(仙人).
2) 중국 전한 때의 문신.
3) 중국 한고조 때 벼슬에 나서기를 싫어하고, 섬서성에 있는 상산에 들어가 은거한 동원
　공·하황공·용리 선생·기리계의 백발 노인.
4) 중국 삼국 시대의 촉나라 사람. 명은 휘, 자는 덕조. 소열제를 위해 제갈량과 방통을 천
　거함.
5) 중국 송나라 때의 사람. 이름이 단이고, 자가 도남. 선술, 즉 신선이 행하는 술법을 닦
　았음.

니, 하나는 푸르고 하나는 붉되 옥은 아니요, 지극히 가볍고 모양이 기묘하고 글자 모양이 은은하거늘, 자세히 보니 붉은 바둑에는 '선인(仙人)' 2자요, 푸른 바둑에는 '진인(眞人)' 2자를 썼으되 용사(龍蛇) 전자(篆字) 같고 예사 글씨는 아니라. 신기하여 양생을 보이지 아니하고 낭중에 넣으니, 양생은 보았으나 못 본 체하고 가로되,

"선생님께옵서 이번 행차에 유전할 일을 얻어 계신지라, 이왕 천만 인이 보았으되 알아보지 못하였거늘 먼저 찾으시니, 평일에 물욕이 없고 청고하옵신 안목이 아니시면 어찌 그러하오리까."

"이 일이 허탄하니 발설하지 말라."

하고 내려왔더니, 수일 후에 홍생은 고향에 다니러 가고, 유생은 외성으로 책을 얻으러 가되 일찍 다녀온다 하더니, 날이 저물도록 오지 아니하거늘, 이공이 혼자 있어 석반을 파하고 등촉을 밝히고 글을 읽더니, 야심하도록 소식은 없고 자연 울적하여 계전(階前)에 배회할새, 이때 정히 7월 망간이라. 금풍(金風)은 소소하고 천기 청명하여 만리 장천에 구름 한 점이 없고, 잔잔한 명월은 벽공에 배회하고, 충성(蟲聲)은 적적하여 객회를 돕는지라. 《시전(詩傳)》칠월편(七月篇)을 염하며 완완히 다니더니, 무슨 소리 금풍을 좇아 은은히 들리거늘, 자세히 살피되 이때 정히 오경(五更)이라. 인성은 고요하고 그 소리 점점 가까운 듯하거늘, 자연 동심(動心)이 되어 소리를 찾아 놓은 데를 올라가니 더욱 분명한지라 혼자 이르되,

"당시에 보았더니 오늘날 내 귀에 들리도다. '노적오엽명(露積梧葉鳴)하니 추풍계화발(秋風桂花發)'을. 증유학선려(曾有學仙

侶)하여 취소농산월(吹簫弄山月)을.'¹⁾ 이 글을 항상 절창이라 잊지 못하였더니, 이때 정히 7월이라, 동엽(桐葉)은 울거니와 계화(桂花)는 없도다. 소리도 퉁소 소리 분명하고 산월조차 밝다마는 신선이야 어디 있으리요."

하고 평양 성내를 굽어보니, 몇 군데만 불이 있고 사면 적요하고 퉁소 소리만 완연하되, 그 소리 청아하여 구천에 사무치는 듯 들을수록 신기한지라.

생세 20년에 성경(聖經) 현전(玄典)만 숙독하고, 세정은 모르는 중 더욱 음률이야 어찌 알리요마는, 선공(先公)이 경주 부윤(慶州府尹)으로 계실 때에 따라 내려갔더니, 동헌(東軒) 앞에 천년 된 오동이 있으되 속은 썩고 가죽만 남았다가 풍우에 넘어지거늘, 선공이 거문고를 좋아하시고 본디 음률을 통하신고로 장인(匠人)을 들여 거문고를 만드니 천년지질(千年之質)이다.

소리 청원하여 채옹(蔡邕)²⁾의 초미금(焦眉琴)을 부뤄 아닐지라. 공퇴(公退)에 한가한 때면 매양 희롱하시니, 공이 그때에 나이 10세라. 익히 본고로 만지되 곡조를 이루니 선공이 기이히 여기사 가르치니 지극히 쉬운지라 28곡을 배웠고, 경주에 예로부터 옥소들이 있으되 천하 보물이라. 아무리 불어도 소리나지 아니하더니, 하루는 한 동자가 들어와 구경함을 청하거늘 내어주니, 이윽히 보다가 당기어 부니 그 소리 요량하여 십 리거늘 신기하여 붙들어 두니, 그 동자가 화식(火食)은 먹지 아니하고 대추와 송엽만 먹고 밤마다 월하에 부니, 공이 본디 영민하고

---

1) 미상.
2) 중국 동한 때의 사람. 자는 백개. 영제 때 낭중을 지냄. 시부에 뛰어나고, 거문고를 잘 탔음.

인물이 출중한고로 그 동자와 지기 상합하여 같이 있다가, 하루
는 간데없고 글 두 귀를 지어 두었으니, 하였으되,

'요화초락진연소(蓼花初落塵緣消)하니 욕거미귀천적요(欲去未
歸天寂蓼)라, 학배청풍취부진(鶴背淸風吹不盡)하니 천년일견해
동소(千年一見海東簫)라.'
하였더라.

공이 그때에 배워 12조를 통하였더니, 이날 밤에 퉁소 소리에
옛일이 완연하여 월색을 좇아 점점 나아가니 이곳은 대성산 석
실이라. 촉영(燭影)이 몽롱하고 향운(香雲)이 자욱한 가운데 요
요한 소리 구천에 사무쳐 구포 경지에 신봉(神鳳)이 우는 듯,
사람의 장위를 유양(悠揚)하는지라.

문외에 배회하여 차마 돌아서지 못하더니, 이윽고 퉁소를 그
치고 탄식하여 가로되,

"고이하도다. 퉁소 소리 홀연히 이지러지니 누가 절창(絕唱)
하는 자 있도다. 이 심야에 올 사람은 없고 반드시 귀신이 희롱
하옴인가. 나의 옥바둑은 누가 주워 갔는고. 날과 전생 연분 선
리동자가 얻었는가. 혹 속인이 모르고 주워 갔는가. 그러나 속
인은 알아보지 못하리니 고이하도다. 채란아, 너 나가 보아라.
속객이 나의 퉁소 소리를 듣고 찾아왔나 보다. 그렇지 아니하면
어찌 곡조를 이루지 못하리요."

문을 열고 일개 미인이 나오거늘, 이공이 급히 몸을 감추지
못하여 눈에 띈 바가 되니, 그 미인이 놀라서 가로되,

"선모(仙母)의 말씀이 신기하시도다."
하고 가로되,

"그대 뉘시완대 이 지경을 범하였느뇨. 바삐 말하여 큰 죄를

면하게 하라."

이공이 공경하여 가로되,

"소생은 경성 사옵는 이 모이러니, 마침 무슨 소간이 있어 평양 등지에 왔다가 통소 소리를 찾아왔거니와 무슨 큰 죄를 범하옴이 있느뇨?"

채란이 들어가 고한대 분부하여 가로되,

"과연 속객이로다. 죄를 짓고도 없노라고 하니 더욱 고이하도다. 속인끼리도 절청(竊聽)을 기하거든, 하물며 선범(仙凡)이 다르거늘, 어찌 당돌히 천상 희음을 절청하리요. 아직 속한 화는 없으려니와, 일후에 삼재팔난(三災八難)을 어찌 면하리요. 그러나 옛날 동문선[1]이 갈홍 선옹(葛弘仙翁)[2]의 거문고를 엿듣고 봉자성[3]이 월궁 항아(月宮姮娥)를 희롱하였으나, 다 숙세 연분으로 선음(仙音)을 능통한고로 무사할 뿐 아니라, 마침내 좋은 도리 있었으니 속객도 통소를 절청하였으니 곡조를 능통하는가 알아 오라."

채란이 나와 물어 가로되,

"그래 아까 들었다니, 우리 선모 부시던 소리 무슨 곡조뇨?"

이공이 그 노주(奴主)의 말을 들으매, 하도 허황맹랑하나, 당장 내 눈으로 보았으니 이상하도다. 그런 중 날더러 삼재팔난을 겪으라 하니 더욱 우습도다. 세상에 허무한 일이 많거니와, 더욱 신선이니 귀신이니 함은 아주 없는 줄 알았더니 대강 고이하도다 하고 가로되,

---

1) 옛날 중국에 있었다는 신선.
2) 중국 진(晉)나라 때의 선인. 호는 포박자.
3) 옛날 중국에 있었다는 신선.

"알든 못하거니와 아까 고조를 못 다 들었으나, 곧 만파식조 (萬波息調)[4]인 듯하도다."

이윽고 또 나와 물어 가로되,

"어디서 배웠으며 몇 조나 아느뇨?"

이공이 가로되,

"알기는 10여 조를 알거니와 내 본디 아노라."

또 물어 가르되,

"만파식이 몇째뇨?"

대답하여 가로되,

"제 1조는 옥화용이요, 제 2조는 금통타요, 만파식이 제 3조이어니와, 구태여 묻지 말라. 나는 돌아가노라."

이윽고 도로 나와 물어 가로되,

"인간으로는 18년 전에 경주 지방에서 배웠는가. 그렇지 아니하면, 인간에 전하지 못한 곡조를 어찌 속인이 알리요."

공이 대답하여 가로되,

"과연 그러하거니와 어찌 하느뇨?"

채란이 도로 나와 꿇어 가로되,

"선리 상공이 오신 줄 몰라 달리 맞잡지 못하였사오니 죄송하여이다. 상공은 곧 소비의 구일 상전이로되, 그 동안 천상 인간이 갈리와 몰라보옵고, 여러 순 힐난하였사오니 용서하옵소서. 방에 계시는 분은 곧 벽도 낭랑(碧桃娘娘)이시니다."

이공이 가로되,

"벽도 낭랑은 뉘시며 그런 허황한 말씀은 내 본디 믿지 아니

---

4) 신라 신문왕 때 동해에 있는 산에서 얻은 대나무로 만들었다는 피리의 곡조.

하노라."

말이 미처 끝나지 않아 문이 열리고 가로되,

"낭군이 연화계에 윤겁을 지내시고도 그 고상한 마음은 변하지 아니하시니이까. 반갑지도 아니하신가. 들어오소서."

이공이 얼른 보니 방 안에 구슬발을 겹겹이 치고 향내 진동한 가운데 일개 부인이 섰으되 세상에 없는 인물이요, 몸에 오운이 어리어 바로 볼 수 없거늘, 마음에 희한하나 천성이 정대한고로 도로 돌아서며 가로되,

"남녀 유별하거늘 어찌 그리 무례하뇨."

낭랑의 고집은 본디 알거니와 하도 반갑고 희한하오니 체면도 던져 두소서. 그리 정대하실 터이면 남의 퉁소는 어찌 몰래 엿들어 계시니이꼬."

나와 손을 이끌고 들어가거늘 이공이 고이히 여겨 들어가니 낭랑이 다시 사배하거늘, 이공이 답배하여 가로되,

"모야 무지에 생면 남녀 언어 상통이 본디 불가하옵고, 또 예절 없이 핍박하여 끌어들임도 고이하고, 체례 없는 예배는 무슨 일이니까?"

하고 일어서니, 낭랑이 추연히 가로되,

"진세에 적강하시와 28년 동안에 전세 일은 아주 잊어시도다. 첩의 이름은 도홍선(桃紅仙)이옵고, 또 하나는 유홍선(柳紅仙)이라. 첩은 서왕모(西王母)[1]의 반도(蟠桃) 소임하던 여관(女官)으로, 나이 이르기를 벽도 낭랑이라 하옵고, 유홍선은 자죽림(慈竹林) 관음대사(觀音大師)의 여관이니 남이 이르기를 유성군

---

1) 옛날 중국에 살았다는 가상적인 선녀.

이라 하옵고, 낭군은 영소보전(靈宵寶殿)에 인감(印鑑) 맡은 선관이러니, 이천왕 부인(李天王夫人) 탄일에 모든 여선이 모이실새, 첩은 서왕모를 모시고 왔삽고, 유성군은 관음보살을 모시고 왔삽더니, 낭군이 옥제(玉帝)의 명으로 옥로자하주(玉露紫霞酒)를 영솔하시와 천왕궁(天王宮)에 오셨다가, 조용한 때를 타시와 옥소를 부시기로 첩 등이 듣고자 하여 나아가온즉, 낭군께서 우수로 첩의 손을 잡고 좌수로 유성군의 손을 잡으사 희롱하시매, 첩 등은 연약한 여자라 이기지 못하여 명을 좇았사오나, 그 후는 다시 못 뵈옵고 다만 시비만 보내어 신식(神息)을 총하옵더니, 그때 시비는 곧 채란과 채향이라. 신정이 미흡하와 항상 결연하오나, 천상 법문이 삼엄하와 조운모우(朝雲暮雨)에 경경하다가 낭군께옵서 남두성(南斗星)과 언힐(言詰)이 심하였더니, 옥제께옵서 너무 고강(固强)하다 하시와 인간에 적강하여 성행을 다스리시니, 낭군의 칭호는 선리군이라. 그 후는 천상 인간이 현격하와 연연한 회포를 이기지 못하오나 할 도리가 없사와, 낭군이 경주에 가 계실 때에 첩이 보탑동자(寶塔童子)를 잠깐 보내어 옥소를 시험하였다가, 혹시 때를 타 낭군을 만나거든 통소로 유인하려 함이니, 그 동자는 곧 낭군께옵서 부리시던 아해요, 그 옥소는 곧 낭군의 옥소니, 낭군 적강(謫降)하신 후 동해 용왕이 유공하여 옥제께옵서 사송하였더니, 인간 도승의 도술로 뺏어다가 신라 왕께 바쳤으나, 인간 사람으로야 어찌 소리를 내리이까. 또 저 석탑 위에 바둑판은 곧 달관선자(達官仙子)가 봉경진인(奉鏡眞人) 가르치던 곳이라 향자에 첩이 유성군과 내려와 놀다가 낭군 오실 줄 짐작하고 청홍(靑紅) 기자(箕子)를 두어 표물을 삼았사오니, 이는 곧 자죽림 대궐루에 나는 버섯이

니, 한번 나면 억만 년을 변하지 아니하고, 지극히 가볍기로 천
상 보배라. 기자를 만들더니 숙세 연분이 지중하화 낭군이 얻어
계시거늘, 어찌 인력으로 피하시리이까."
하고 채란을 명하여 주효를 올리거늘, 이공이 십분 고이하여 반
신반의하나, 자취가 명명하고 말이 유리한고로 급히 일어서지
아니하고 사기를 살피더니, 낭랑이 자하상에 옥액경장(玉液瓊
漿)을 가득 부어 드리거늘, 이공이 사양하며 가로되,
  "학생이 본디 술을 먹지 못하나이다."
  낭랑이 웃어 가로되,
  "홍제원 활량의 술과는 다르오니 염려 마소서."
  이공이 놀라 가로되,
  "낭랑이 어찌 아시느뇨?"
  낭랑이 공경하여 가로되,
  "첩이 낭군의 단처(短處)를 일컬음이 아니라, 하도 결연하고
차마 잊삽지 못하와 낭군의 일동일정을 유심하여 살피오니, 그
런 일을 어찌 모르리이꼬. 하도 반갑사와 체면도 버리고 염치도
없사오나, 복망 낭군은 전후생(前後生)의 고상하오신 마음을 굽
히시와 첩의 알뜰한 정성을 돌아보소서. 낭군이 몇 해를 연화계
에 계신 동안에 백병을 소각하시고 좋은 도리 많사오리니 너무
고집치 마소서."
  이공이 마지못하여 받아 마시니 향취 진동하고, 실과를 맛보
니 모두 기이한지라. 인하여 두어 잔을 마시니 취하는 줄은 모
르되, 자연 마음이 활발하고 호흥(豪興)이 도도하여 사례하여
가로되,
  "내 평생에 허무한 이치를 믿지 아니하더니, 낭랑의 말씀을

들으매 종적이 방불하고 사실이 유리하니 세상에 기이한 일도
있도소이다."

하고 낭중으로서 청홍 기자를 내놓으며 가로되,

"대강 이상하여이다. 그 퉁소를 내어놓으소서."

낭랑이 드리거늘 받아 보니 윤태한 옥광이 경주 옥소와 방불
한지라. 이에 한 곡조를 부니, 그 소리 요량 청절하여 세속 소
리는 아니라. 낭랑이 칭사하여 가로되,

"낭군이 전세 곡조를 잊지 아니하시도다."

이공이 겸손하여 가로되,

"어찌 그러하오며, 전후생 일은 재기하지 마소서. 더욱 허황
하여이다."

하고 인하여 주흥을 못 이겨 그 옥수를 잡으니, 조자건(曹子
建)[1]의 〈낙신부(洛神賦)〉는 종적이 맹랑하고, 초양왕(楚襄王)의
〈운우몽(雲雨夢)〉[2]은 신정이 미흡하다. 위수(渭水) 속에 누른
구슬 낚시 음노 옭아 내니, 강태공(姜太公)의 도술이나 풍운 재
회(風雲再會) 조짐이오. 주문왕(周文王)의 굽은 나무 칡덤불로
감았으니, 태사(太姒)[3] 성덕 길임이나 군자호구(君子好逑) 아니
올까.

정성이 지극하면 돌부처도 말을 하고 솜씨가 능한하면 산 사
람도 혼을 뺄지라. 이 학자의 빙설 같은 절개, 철석 같은 심장
이 부지중에 녹았으니, 옛말에 하였으되 대장부의 강한 창자도

---

1) 중국 삼국 시대 위나라 문제의 아우. 자는 자건, 명은 식.
2) 《초사(楚辭)》에 의하면 초나라 양왕의 꿈에 한 여인이 나타나 '妾巫少女 朝爲行雲 暮爲
   行雨 朝朝暮暮 陽壽之下'라 했다고 함.
3) 중국 주나라 문왕의 비(妃).

부인에게 혹한다는 말이 명담이요, 순금의 굳은 물건도 풀무에
는 녹느니라.

이윽고 평양 성내에 계명성(鷄鳴聲)이 자자하고, 동천에 새벽
샛별은 신광이 희미하다. 이에 벽도 낭랑이 운문상(雲紋床)을
걷어 안고 채란을 명하여 일배주를 다시 권하고 가로되,

"낭군이 전세 연분을 이으사 추상 같은 엄위와 옥 같은 절개
를 돌리사 더럽다 아니하시고 돌아보시니 지극 감사하거니와,
천상 인간이 현격하오니 다시 뵈올 날이 있사오리까."

이공이 가로되,

"허황하오나 낭랑이 말씀하던 유성군도 뵐 날 있으리까?"

낭랑이 가로되,

"처소가 다르옵고 매인 몸이 임의로 못하와 이번에도 동행함
을 기약하였더니 여의치 못하였사오나, 연분이 지중하오니 자연
회합하는 도리 있사오리이다. 첩의 일이 시각을 어기오지 못하
와 날이 밝으면 난처한 일이 있사오리니 이별이 창연하여이다."
하고 다시 자하상을 들어 권하고 일어서거늘, 손을 서로 잡아
이별하고 돌아오새, 중간에 내려와 돌아보니 촛불은 꺼지고 월
색만 창망할 뿐이더라.

객당에 돌아오니 촛불은 그저 켠 채 있고 동방이 밝았는지라,
혼자 앉아 생각하니 지난 일이 꿈 같아 일변 허무도 하고 일변
이상도 하여 스스로 헤아리되, 내 평생에 황당한 일은 믿지 않
고 고서에 있어도 보지 않았더니, 내 몸으로 겪을 줄 어찌 뜻하
였으리요. 대강 고이하도다. 당초에 경주서 퉁소 배우던 일과,
일전에 기자 얻은 일이 다 역력히 연고 있으니 그런 허무한 일
이 어디 있으며, 내 비록 남자나 방의 범색은 고사하고 부부간

에도 아주 소활하더니, 작야에는 무슨 일로 자연 동심하여 행위 부정하였으며, 또 고이한 일이 그 여자도 홍선녀로라 자칭하니 인간 사람은 아닌 듯하되 남녀지정은 인간 여자와 같으니 천상도 부부 있어 음양지리가 있는가. 견우 직녀의 일을 문장에 꾸민 말로 알았더니 그러면 참말 부부지리가 있는가. 정녕 부부가 있을 지경이면 어찌 생산인들 없으리요. 질정하여 물을 곳이 없으니 평생 의심이 이에서 더 큰일이 어디 있으리요. 혹 어떤 여자가 나의 외양을 사모하여 일장 흉계를 배설하였는가. 만일 그런대도 내 일을 어찌 그리 자세히 알며, 종적이 그리 영낙없이 맞으리요. 선녀의 말이 유성군을 만나리라 하였으니 또 시험하여 진위를 알리라 하고, 서책을 대하니 선녀의 성음과 미목이 완연하여 그리 정일(正一)하던 마음이 요동하는지라. 책을 접고 있더니, 이윽고 유생이 꿇어 사죄하여 가로되,

"소생의 외종이 있삽더니 무슨 죄에 걸리와 영문에 상사하여 왔삽기로 미처 통하지 못하고 소친을 좇아 좌우 주선하다가 자연 어겼사오니 죄송 죄송하여이다."

이공이 웃으며 가로되,

"어찌 그다지 사과하며, 옥사가 어찌 될지 관려(關慮)가 적지 아니하도다."

유생이 대합하여 가로되,

"일은 무사하였나이다."

이 모양으로 수작하되 어찌 의심이야 있으리요. 남녀가 모양이 다르고, 또 주야가 다를 뿐더러 군자는 가기이기방이라. 어찌 의심이 그 지경에 이르며, 또 평일에 홍류 양생을 실실 군자로 믿었으니 어찌 일호나 치의(致疑)하리요. 수일 후에 공이 유

생더러 가로되,

"홍생은 어찌 아니 오느뇨, 우리 심심하니 석실 구경이나 감이 어떠하뇨?"

유생이 대답하여 가로되,

"명대로 하사이다."

하고 시비를 불러 약간 주효를 가지고 올라가니, 눈에 보이는 물색이야 어찌 일전과 다르리요마는, 이공은 별로 유의하여 보고 사색이 조금 다르더라. 유생은 소피하고 시비는 술을 데울 틈에 석실에 들어가니, 도홍선의 얼굴이 보이는 듯하여 자연 침음하다가, 문득 보니 남편 벽상에 글 두 귀가 붙었거늘, 빨리 떼어 보니, 하였으되,

'중천명월강호도(中天明月江湖渡) 학배청풍문옥소(鶴背淸風聞玉簫) 욕문갈홍적강일(欲問葛弘謫降日) 중추월야주요금(中秋月夜奏瑤琴).'[1]

보기를 다하매 낭종에 넣으니라. 도로 나와 석대에 올라 구경하다가 유생이 술을 드리거늘, 이공이 가로되,

"그대 날과 같이 있은 지 1년이로되 나의 술 못 먹는 줄을 모르는가."

유생이 꿇어 가로되,

"어찌 모르이까마는 선생님께옵서 객회가 없지 아니하시고, 또 경광(景光)이 좋은 곳이오니 한 잔이 해롭지 아니할 듯하와 준비하였삽더니 지극 황공하여이다."

하고 송구히 물러서거늘, 공이 그 공경 겸손함을 아름다이 여기

---

1) 미상.

고, 그 뜻을 어여삐 여겨 웃어 가로되,

"내 본래 주량이 없는고로 요량 없는 손견에 책망삼아 하였더니, 그대 너무 겸손하니 도리어 무렴하도다."

하고 한 잔을 마시고 가로되,

"수작이 없지 아니하니 그대는 어찌 하려느뇨?"

유생이 온화한 말로 가로되,

"소생이 선생님을 모시온 지 거의 1년이오나 한 번도 설만하지 못하였더니, 오늘날 술을 주시오니 아니 먹지 못하나이다."

하고 자리를 돌리고 한 잔을 마시니, 조발부용(朝發芙蓉) 같은 얼굴에 홍도화 작약하니 볼수록 만고절염(萬古絶艶)이라. 이공이 문득 낭랑의 얼굴을 생각하고 새로이 반가와 웃으며 가로되,

"두목지(杜牧之)와 반악(潘岳)이 어찌 그대에게 지나리요."

하고 적이 처음하다가 가로되,

"세상에 신선이라는 말이 있으니 과연 있는가. 향자에 그대 등의 말이 산중에 수도하는 것이 신선이라 함이 방불하거니와, 《서전(書傳)》, 《시전(詩傳)》은 성인이 지으신 바라 믿지 아니하지 못하거니와, 하늘 일을 보는 듯이 말씀하였고, 주문왕(周文王)이 옥황상제 좌우에 계시다 하고, 상제를 일컬음이 몇 번이요, 천명(天命)이니 천장(天定)이니 천감(天監)이니 천시(天時)니 하였은즉, 과연 무슨 형지가 있어 별세계를 배판하였을까, 아지 못할 일이오. 노자(老子)니 농옥(弄玉)²⁾이니 왕자진(王子晋)³⁾이 안기생(安期生)⁴⁾이니 이태백(李太白)·두목지(杜牧之)는

___

2) 중국 진(秦)나라 목공의 딸. 피리를 잘 부는 소사에게 출가함.
3) 중국 주나라 때 영왕의 태자.
4) 중국 진(秦)나라 때의 선인.

신선이 된 듯이 말하고, 유안(劉安)[1]은 신선과 수작하였고, 또 황제 헌원씨(軒轅氏)는 용을 타고 신선이 되어 가고, 주목왕(周穆王)은 팔준마(八駿馬)를 타고 요지(瑤池)에 가서 서왕모(西王母)를 보았고, 한무제(漢武帝)는 서왕모를 만나고, 동방삭(東方朔)은 반도(蟠桃)를 도적하여 먹고 삼천갑자(三千甲子)를 살고, 당명황(唐明皇)은 월궁(月宮)에 들어가 〈예상우의곡(霓裳羽衣曲)〉을 배웠다 하고, 한나라 장건(張騫)[2]은 떼를 타고 하늘에 올라가 직녀와 수작하였다 하니, 모두 허황하거니와, 아주 없으면 성현과 문인·문객이 어찌 그리 영절스레 말씀하였으리요. 아주 없는가. 무엇이 좀 있는가. 의심이 없지 아니하고, 서왕모니 관음보살이니 함은 계집 신선이니 천상에도 남녀 분별이 있으며, 오륜삼강(五倫三綱)이 있는가. 학생이 공부 미거하여 사사 망령이라 하거니와 도무지 허황하도다."

하고 침음하니, 이른바 십벌지목(十伐之木)이라. 유랑은 짐작하되 정대히 대답하여 가로되,

"천하 만사의 유무를 어찌 질정(質定)하오리이까. 대강 하늘 일도 요량 못 하거니와 사람의 꾀도 요량 못 하며, 정성이 지극하오면 귀신도 감동하나니, 사람인들 어찌 고집하오며, 옛 말씀에 성인(聖人)과 하우(下愚)는 옮기지 못한다 하였거니와 예사 현인·군자와 중동 인물은 시세를 따라 고치는 도리 있삽고, 풍속을 좇아 변하는 일이 있사오니, 그렇지 아니하면 자막의 집종을 면하지 못하며 다리 기둥을 안고 물에 빠져 죽던 미생의 고집이오나, 소생 같사온 하등 변개 백출하오니, 소생의 평생을

1) 중국 한나라 때의 회남왕의 아들.
2) 중국 한나라 때의 사람. 중랑장이 되어 흉노를 정벌함.

어찌 예료하오리까. 오늘날 주력을 믿고 선생님 말씀 끝에 촉범이 많사오니 용서하옵심을 어찌 바라오리까.”

하고 공손히 섰으니, 선연 작약한 태도 일광을 따라 찬란하거늘, 이공이 볼수록 신기하여 헤오되,

“저것이 만일 여자 같고 날과 같이 있으면 어찌 무심하리요. 대강 남중일색(男中一色)이로다. 거야에 벽도 낭랑이 아무리 신기한들 남복을 시켜 백주에 자세히 보면 어찌 저만하리요. 그뿐 아니라 홍생의 인물도 일반이니, 평안도를 색향이라 하더니 남녀가 일반이로다.”

하고, 책책 칭찬함을 마지아니하되 이른반 아가사창(我歌査唱)이로다. 평양 남중일색만 알고 경성 남중일색은 모르며, 경성 중에 제일 인물이 자기인 줄 모르도다. 대강 양랑의 인물이 빼어났다 한들 천연 작약한 옥모 영풍과 화려 정대한 행동거지는 일색 중 군자요, 군자 중 일색이라. 쇄락한 풍채와 동탁한 용모는 천고에 처음이요, 천하에 독보이니, 어찌 양랑으로 비교하리요.

그러므로 양랑이 하마 고생을 꿀같이 여기고 지극 정성을 다하여 거의 돌려놓았으니, 신통한 도술은 강태공의 병법이라. 이윽고 석양이 지나고 황혼이 가까우니 만호 누대에 가취성이 은은하고 석연이 희미한지라. 완보로 내려오니 홍생이 마침 들어오는지라. 반겨 맞아 3인이 촉하에 대좌하여 물어 가로되,

“어찌 그리 오래 있느뇨. 우리 만난 후 잠시 이별을 아끼더니, 이번은 20여 일 왕반이 삼추 같도다.”

홍생이 꿇어 가로되,

“오랜 후에 고향 가온즉 자연 그러하오며, 여간 전토와 세간

을 척매(斥賣)하노라니 자연 더디어 성우를 끼쳤사오니 죄송하여이다."

이공이 가로되,

"과연 경성으로 반이(搬移)하려는가. 공연히 날로 인하여 일장풍파를 겪도다."

양생이 꿇어 가로되,

"선생님께옵서 이곳으로 오시든 못할 터이옵고, 소생 등이 평생을 모시자 하오면 경성으로 가야 할 터이옵고, 그렇지 아니하여 소생 양인이 평생을 떠나지 아니할 지경에는 불가불 한 곳으로 모일 모양이온즉, 서울이 아니면 평양이오며, 또 소생 등의 형세 유여하오니 여간 비발로는 손해되지 아니하오며, 선생님 뵈온 후로 세월 가는 줄 모르오니, 설령 손해가 대단한대도 관계 없나이다."

유생이 꿇어 가로되,

"소생도 고향에 가오면 수십 일을 허비할 터이오니, 그 동안 객회를 돕사올 듯 죄송하여이다."

이공이 웃으며 가로되,

"내 무슨 복력으로 양 수재의 천연한 용의를 쌍으로 접하여 배우리요. 한 분씩이나마 놓치지 아니하면 다행일까 하노라."

양인이 손사하고 유생이 가로되,

"우리는 선생님께옵서 요사이 주량이 많이 늘어 계시니 치하할 일이라."

하니 홍생이 가로되,

"형의 말씀이라 하도다. 본래 근구(近口)하지 못하시거늘 어찌 별반 느시리요. 내 고향에 갔다가 본토 물산으로 약간 주효를 준비하였더니 과연 다행하도다."

"양생의 언사와 거동이 전보다 많이 버릇이 없어 선생을 희롱하는 모양이로되, 서로 흠모함이 금석같이 굳었으니 어찌 혐의하리요."

이윽고 주찬이 나오되 융숭하고 화치하옴이 관찰사와 다름이랴. 명촉을 돋우고 주객이 솥발을 벌리고 앉아 맛볼새, 홍생이 백옥잔에 감홍로(甘紅露)를 가득 부으며 아뢰되,

"비록 술은 술이오나 과히 취하지 아니하오니 잡수심을 바라나이다."

이공이 혼연히 받아 마시고 또 부어 홍생을 권하니, 홍생이 사양하지 못하여 일어나 절하고 받아서 마시니 유생이 또 올리고 수작하여 3, 4배에 지나니, 3인이 다 취하였는지라.

본래 춘풍 화기에 주훈을 겸하였으니, 그 모양을 볼 것 같으면 서왕모(西王母) 요지연(瑤池宴)에 이태백(李太白)이 수석될 줄 어찌 뜻하였으리요.

이공이 주흥을 띠어 양생을 다시 보니 만고절염이요, 양인의 용모 색태 붓으로 그린 듯, 쌍생인들 어찌 그리 같으리요. 일변 벽도 낭랑의 면모 눈에 삼삼하여 생각하되, 벽도와 유성군은 동류라. 서로 언약이 있어 나를 구하되 뜻과 같이 못하여 선후는 있을지언정 날과 정녕 연분은 있는 모양이오. 중추야에 거문고로 갈홍을 만나리라 하였으니, 갈홍은 곧 유성군이라. 28수에 유성이 갈홍곡수사유수라 하였고, 이름이 홍선이라 하니 분명한 유성군이라. 그러나 이제도 20여 일을 기다려야 8월 15일이 될 모양이나, 유성이 또 안주를 가면 그때 돌아오리니, 내 돌아감이 자연 8월 그양이 수통(羞痛)하리니, 벽도 만날 때에는 다

행히 조용하였거니와, 중추야에 또 어찌 틈을 타리요.

생각이 이 지경에 이르매 공부는 자연 등한하더라. 술을 파하고 각각 취침하되 분명한 3개 남자일러라. 수일 후에 유생이 또 길을 떠날새 수이 다녀옴을 당부하고, 이후는 홍생을 데리고 주야로 강론하되 마음에 쓰이는 일이 있으니 어찌 전일(專一)하리요. 중추가 아직 멀었으니 노처녀의 혼인날과 참방(參榜)한 사람의 참방 날 기다리는 것과 같이 어찌 잠시인들 잊으리요. 13일을 당하여 홍생이 꿇어 가로되,

"소생의 조상 분묘가 자산(慈山) 자모산성 근처에 있사오되, 길이 멀어 자주 성묘하지 못하였삽더니, 금년은 가까이 와 있삽고 재명일이 추석이오니 차례를 하고 올까 하오되, 그 동안 선생님께옵서 오죽 궁금하시리이까. 소생이 오늘 떠나면 내일 들어가 모레 일찍 돌아와 뵈올까 하나이다."

이공이 잠시 이별이 결연하나 일변 기다리는 일에 조용함을 다행하고, 또 만류하지 못할 일이라. 평안히 왕환함을 당부하니라. 혼자 있어 경학을 잠심하더니, 15일에 석반을 파하고 정계에 나서니, 만천성하에 천색이 청명하고 뚜렷한 중추월은 만호에 사사가 없어 요순세를 만난 듯, 상표는 삽삽하여 가회를 일으키고 백로는 창창하여 사람을 생각한다.

밤이 깊어 가매 사면이 고요하거늘, 완완히 떠나 올라가며 원근 경색을 살피더니, 과연 청량한 소리 풍편에 들리거늘, 일변 신기하고 일변 고이하여 점점 나아가니 거문고 소리 완연한지라. 혼자 외오되,

'영령칠현상(泠泠七鉉上)에 정청송풍한(靜聽松風寒)을 고조수자애(古調誰自愛)나 금인다불탄(今人多不彈)을.'[1]

　가까이 나아가니 석실에 은촉이 휘황하고 요랑한 소리 잦아
지거늘, 가만히 들어 보니,

　"추풍석기혜(秋風夕起兮)여 백로위상(白露爲霜)이라. 명월교
교혜(明月皎皎兮)여 조공방(照空房)이라. 유미일인혜(有美一人
兮)여 천일방(天一方)이로다. 추풍절절혜(秋風節節兮)여 운명명
(雲明明)이라. 세월조애혜(歲月阻碍兮)여 홀여유생(忽如遊生)이
라. 소장기시혜(消長基時兮)여 노영기상(老嬴基像)이라. 원언사
자혜(願言士子兮)여 사아심정(思我心情)이로다. 추풍호탕혜(秋
風浩蕩兮)여 천우고(天又高)라. 군산위이혜(群山逶迤兮)여 계곡
적요(溪谷寂寥)라. 등고망원혜(登高望遠兮)여 부자료(不自料)라.
가인적래혜(佳人適來兮)여 수여유오(誰與遊遨)라. 부운천리혜
(浮雲千里兮)여 귀로원요(歸路遠遙)라. 명월유정혜(明月有情兮)
여 사고소조(四顧所遭)라. 원언사자혜(願言士子兮)여 사아심로
(思我心勞)라."

　연하여 3장을 타더니, 홀연히 탄식하며 가로되,

　"내 비록 유백아(劉伯牙)[2]는 아니나 종자기(鐘子期)[3]가 왔나
보다. 그러나 양인은 인간 사람이어니와, 천상 회음을 뉘 감히
엿들으리요. 채향아, 나가보아라. 고이하고 이상하다. 내 평일
에 거문고를 회롱하되 그렇지 아니하더니 오늘은 신기하도다.
제1장에 줄이 놀더니 제2장에 끊어지고 제3장에 이으니 신통하
도다. 기울었던 달이 다시 둥글고, 끊어진 연분이 도로 이으려
나 보다."

---

1) 미상.
2) 중국 춘추 시대의 고금(鼓琴)의 명인.
3) 중국 춘추 시대의 음악가.

말을 마치며 문을 열고 여화여월(如花如月)한 동선(童仙)이 나오거늘, 피하고자 하다가 짐짓 섰더니, 동선이 놀라 물어 가로되,

"어떤 사람이완대 소식 없이 선경을 범하였는고?"

이공이 웃으며 가로되,

"이공이 인간이지 어찌 선경이라 하리요. 허황한 말을 말라. 마침 객지에 있다가 월색을 쫓아왔거니와, 그대는 어떤 사람이며, 석실에 거문고 타는 이는 누구뇨?"

동선이 들어가며 대답이 없더니, 또 나와 물어 가로되,

"모름이 중원밤에 왔다 가신 일이 있나이까?"

이공이 가로되,

"어찌 묻느뇨?"

또 물어 가로되,

"그날 어떤 사람을 보시니이까?"

대답하여 가로되,

"허황한 일은 옮기기 싫거니와 어찌 묻느뇨?"

그 동선이 나와 재배하며 가로되,

"선리 상공이 아니시니이까. 우리 낭랑이 기다리신 지 오래이오니 들어가사이다."

이공이 정색하여 가로되,

"낭랑이라 하니 반드시 여자라. 생면 남자를 들어오라 함은 무슨 일이뇨?"

이윽고 석실이 열리며 향취 진동한 가운데 일개 부인이 머리에 쌍봉오화관(雙鳳五花冠)을 쓰고 몸에 운뢰문금상(雲雷紋錦裳)을 입고 나서며 가로되,

"어찌 오시나이까. 천상 1일이 인간 1년이오니, 낭군이 인간에 적강하신 지 28년이 곧 천상 28일이라. 천왕궁에서 처음 보실 때에는 그리 호협하사 우리 등을 탈치 산양하듯 다루시더니, 연연 세세에 윤회를 지내시기로 그다지 정대하시와 전생 연분을 천만 이외에 만나시고, 무슨 원수진 사람같이 외면하시며, 수작이 그러하실 터이오되, 하늘이 정하오신 일은 인력으로 어기지 못하나니, 허황 2자는 아주 던져 두시고 들어가사이다."

이공이 하릴없어 들어가 빈주지례(賓主之禮)를 차려 앉아 살펴보니, 인물 범절은 벽도 낭랑과 차등이 없으되, 금은 주취는 더욱 찬란하고 백옥로에 향연이 피어오르는 양은 한무제(漢武帝) 태산봉(泰山峰) 중에 백운 엉기듯 하고, 병풍을 사면에 쳤으되 한편은 진공주(秦公主) 농옥(弄玉)이 소사(簫史)[1]를 맞아 학의 등에 쌍으로 앉아 퉁소를 불며 벽공을 향하는 모양이요, 한편으로 무산 선녀(巫山仙女)가 비 되고 구름 되어 초양왕(楚襄王)을 모시던 모양이요, 한편은 서왕모(西王母)가 청조(靑鳥)로 노문 놓고 자운거(紫雲車)를 타고 미앙궁(未央宮)에 들어와 구광등을 높이 달고 한무제와 수작하는 모양이요, 한편은 황제 헌원씨가 구연단을 먹고 백일 승천할 제 용을 불러 난거(鸞車)를 메고 일등 미인을 옆옆이 끼고 옥황상제께 조회하던 모양이요, 천장을 쳐다보니 상청제자(上淸弟子) 당명황(唐明皇)이 십부자(十夫子)를 앞세우고 이원제자(梨園弟子)[2] 뒤를 따라 갈고를 쿵쿵 울리면서 옥 같은 양태진(楊太眞)[3]을 곤룡포(袞龍袍)로 싸서

---

1) 중국 춘추 시대 진(秦)나라 목공 때 피리의 명수. 농옥을 아내로 삼았음.
2) 중국 당나라 현종이 설치한 배우를 가르치던 곳. 제자는 배우.
3) 중국 당나라 현종의 총비인 양귀비.

안고, 무지개 다리를 중천에 어영구붓 뻗쳐 놓고 흥청거려 올라
가서 광한전(廣寒殿) 들어가니 이때 마침 상원(上元)이라. 선관
선녀(仙官仙女) 차례로 늘어앉고 금동옥녀(金童玉女) 항렬 차려
예상우의(霓裳羽衣) 춤을 추니, 구경은 처음이나 추위를 못 이
겨 웅숭그린 모양이라. 이공이 정신이 황홀하여 물어 가로되,

"낭랑은 뉘시완대 날 같은 속객를 더럽다 아니하고 체면없이
불러들이느뇨?"

낭랑이 공경하여 가로되,

"월전에 벽도 선녀에게 대강 들어 계옵시니 또 아뢰지 않거
니와, 낭군의 일동일정을 첩 등이 유심하와 때를 기다리나니,
홍제원 활량에게 봉욕하신 날부터 첩 등의 연분이 올 조짐이라.
홍유 양생이 그 자리에서 낭군의 범절을 뵈옵고 허다 공행을 지
내되 괴로운 줄 모르고 낭군을 유인하여 이곳에 오심이 막비천
정(莫非天定)이라. 낭군이 전세에 너무 고상하시다가 인간에 적
강하시와 부귀가에 탄생하시되, 천성을 변치 아니하사 인간 재
미를 아주 모르시고, 육식진찬(肉食珍饌)과 능라금수(綾羅錦繡)
를 도리어 천히 여기시고, 일등 미색을 요물로 아시기로 귀신이
미워하여 활량들에게 그 욕을 당하시고, 육례(六禮) 갖추신 부
인이 출중하시거늘 돌아보지 아니하사 김시랑(金侍郎) 곧 아니
면 절대(絶代)할 뻔하시기로, 조물이 인도하여 첩 등의 숙세 연
분을 도로 맺어 세상 재미 알게 하옴이니, 허황하다 마시고 때
를 순히 하소서. 인심이 곧 천심이라, 하늘이 하시는 일을 사람
이 어기오지 못하고 사람이 하고자 하는 일을 하늘이 또한 좇나
니, 낭군의 빙옥 같은 걸조와 금석 같은 심간을 돌리사 천명을
순수하시고, 세상에 나셨던 보람이 있게 하소서. 그 모양으로

계시다가 도로 상계로 돌아오시면 인간에 후세 이름은 전하시려니와, 쓸개 있는 인간은 천상과 달라 물색이 으뜸이어늘, 물욕을 아주 몰라 명환 거족의 자손으로 외양이 천만인 중 제일이요, 문장과 재주가 탁월하시되 부귀를 초개같이 여기사, 부모께 받자온 골육을 억지로 음지에 말려 30전 윤택한 기부를 끓어앉아 골리고, 조발부용 같으신 용색을 증병 든 사람같이 혈색을 저상하시고, 공연히 험한 의복과 나막신으로 세월을 보내시니 그 무슨 악형이오며, 과거에 유의 아니 하기는 혹 그러하올는지 조정 공론으로 좋은 벼슬을 시키시되 코방귀를 뀌시고, 연골 학자니 화식하는 부처이니 하는 칭호를 태상노군(太上老君)으로 아시니, 낭군을 위하여 아연히 여기오며, 그 고벽(痼癖)한 천성에 어찌 퉁소와 거문고는 배우신고. 이는 첩 등의 전세 천연(天緣)을 얻고자 하옴이니 하늘의 조화 아니오리까. 천왕궁에서 모양 없이 잠깐 만나와 첩 등이 옥교 방신을 훼파(毁破)하온 후 범문이 삼엄하여 다시 만나지 못하고 몇천 년을 지내옵다가, 천상 인간을 격절하온 후 더욱 아득하와 견우 직녀의 1년 1도 만남을 제일 행락으로 알고, 우리도 언제나 선리관을 다시 만나리라 하였더니, 하늘이 인도하사 이곳에 오실 줄 짐작하옵고, 벽도 낭랑과 동행할까 하였더니, 마침 관음세존(觀音世尊)이 일이 있사와 못 가시옵기로 못 왔삽다가, 이번에 게으름을 타 왔사오니 용서하옵소서. 천상법(天上法)에 매월 삭망에 모든 석관선녀가 영소보전에 와 조회하고 즉시 퇴조하옵되, 서왕모와 관음대사는 옥제께옵서 3일씩을 쉬게 하시나니, 모든 모신 여선이 하가할 듯하오나, 번을 나지 못하면 시각을 비우지 못하오니 틈타기가 대단 어렵사온지라, 복망 낭군은 어여삐 여기소서."

하고 순금합에 교리화조를 가득 담고 옥파라에 만세송순주를 부어 올리거늘, 이공이 전후 말을 들으매 십분 감동하여 사양하지 아니하고 받아 마시니 이향이 만구(滿口)하더라. 그 잔에 부어 홍유 양랑을 권하니, 찬연히 웃어 가로되,

"우리 인연은 먼저 맺고 교백석(交拜席) 합환주(合歡酒)는 이제 먹사오니 어찌 천장(天定)이 아니리이까."

하고 서로 권하여 3, 4배에 이르니 만면 홍훈(紅暈)이 쌍으로 피어오르는 듯, 정신이 미란하여 초면이 구면 되니 어찌 온자(蘊藉)하리요.

500년 풍류업원 장군서(張君瑞)[1]가 인간 재미를 독판칠 제, 유요를 관포하니 화심(花心)이 경동하여 노적목단개(露積牧丹開)[2]란 말씀이 천만고에 춘화도(春畵圖) 압축이라, 어찌 형용하리요. 다시 은촉을 돋우고 옥액 경장을 임의로 수작하니, 천상 인간에 중추 가절이 제일 명절이온 중 금상첨화요 낙막락(樂莫樂)이로다. 양랑이 그제야 안색에 화기가 돌아오고 공경하여 가로되,

"서방님께옵서 은택을 드리오사 첩 등의 중죄를 욕서하옵시고 천금 귀체를 왕굴(枉屈)하실 지경에는 첩 등의 재물이 수천 서기오니 무슨 도리를 못 하오리까. 좋을 대로 주선하올 터이옵고 일동일정을 서방님께 취품하여 하오려니와, 우선 압경이나 하사이다."

이생이 가로되,

"오직 못산 놈이 무당의 서방 되며, 여간 잡놈이 기생의 모가

---

1) 중국의 희곡 《서상기(西廂記)》에 나오는 남주인공.
2) 이슬이 쌓여야 모란이 핀다는 말.

비가 되겠느냐. 요량대로 하라."

이에 주찬을 준비하고 박산로에 향을 꽂고 술을 권할새, 이생
이 가로되,

"채란과 채향은 본래 어떤 사람이완대 자품(姿品)이 저리 선
연 작약하며, 나이는 얼마나 되었느뇨?"

채란이 꿇어 가로되,

"첩의 성명은 오봉린(吳鳳麟)이옵고 자는 채란(採蘭)이요, 나
이는 12세이옵고 홍도화의 외사촌이옵더니 조실부모하옵고 내
종형에게 길렸나이다."

채향이 꿇어 가로되,

"첩의 성명은 유경란(柳景蘭)이옵고, 자는 채향(採香)이요,
나이는 12세이옵고 유지연의 내종이옵더니, 아비 일찍 죽삽고
어미는 서울 김판서 댁에 있삽고, 의지 없사와 의형제에게 있는
고로 일동일정을 같이 하옵다가, 이번에 의형의 시킴을 받자와
서방님께 기망한 죄를 지었사오니 죄만죄만하여이다."

이생이 그 용모 작약하고 언사가 온순함을 기특히 여겨 웃으
며 가로되,

"날 같은 천치를 일조에 오입을 시키자면 하나 둘이 되겠느
냐. 너희 등도 수고하였도다."

하고 한 잔씩을 친히 부어 주니, 감히 사양하지 못하고 받으니,
양랑이 비로소 웃어 가로되,

"하늘이 비와 이슬을 내리시매 어찌 하나 둘만 고택을 입사
오리요. 너희 등이야 세상에 났던 보람이 있도다."

하고 술이 반취하매 유랑이 가로되,

"첩 등 사인이 이왕 세월은 전생 일이옵고, 새로 은택을 입사

와 환생(還生)한 모양이오니 경사가 아닐 수 없는지라, 한번 놀기를 허락하시리이까?"

이생이 혼연하여 가로되,

"양경아, 나를 놀리려 하느냐? 나도 오입속을 트자 하면 음률로 알아야 하겠으니 소장대로 하여 보리라."

하고 홍랑더러 가로되,

"요지에서 가지고 온 옥소를 그저 가졌느냐?"

홍 도화 황공하여 공손히 올리거늘,

또 물어 가로되,

"채채야, 너희 등도 세세 장종으로 또 명장(明匠)에게 있으니 소장(所長)이 무엇이냐?"

채란 · 채량이 꿇어 가로되,

"소자 등도 원숭이같이 입내는 내나이다."

이에 이생은 옥소를 불고 홍랑은 비파를 타고 유랑은 거문고를 타고 채향은 해금을 타고 채란은 양금을 타고 화답하니, 오음육률(五音六律)이 화합하여 태평기상(太平氣象)이 융융하더라.

한 곡조 마치고 홍유 양랑이 노래를 하거늘, 이생이 거문고로 화답하니 천생기재(天生棋才)라. 배우지 아니 하여도 한번 보고 무불통지(無不通知)하니, 아깝다. 천승인군(千乘人君)이 휘우지 못하던 이 학자를 요마(妖魔)한 양개 여자가 호물호물 주물러 성경현전(聖經賢傳)은 간다 보아라 하고 청가요무(清歌妖舞)에 침혹하여 추월 · 춘풍에 혼령이 들락날락하더라.

수년이 지나니 음률에 모를 것이 없고 오입속이 능통하여, 이왕 평안도 내에 수석으로 있던 일등 명기 앵무 · 비취 등이 삼사

를 퇴보하니, 그 옥모 영풍과 그 공부와 그 범절에 음률조차 독
보되니 어찌 다 형언하리요. 하루는 모든 기생들이 모여 음률을
배울새, 수백명 명기생과 100여 명 재자율객(才子律客)들이 일
시에 아뢰되,

"선생님께옵서 이제는 평안·황해 양도에 으뜸 수석이 되시
와 악부(樂府)를 개조하옵시고 교방(敎坊)의 정사를 맡아 계옵
시니 제일교방(第一敎坊)을 창건하옴이 득당하여이다."

이생이 겸손하게 가로되,

"소생 같은 근지(根地) 없는 종적이 열위 제공의 어여삐 여기
심을 입사와 교방에 참예하오나 어찌 그다지 과상하시느뇨."

모두 칭사하고 즉일에 의논이 구일하여 평양성 한복판에 수
백 간 교방을 창설하고 '관서제일루(關西第一樓)'라 현판하고,
정당(政黨)은 수미당이니 춘풍옹 이학자 선생님이 거하고, 동편
강선류에는 좌수석 홍도화 낭랑이 12교방을 거느려 거하고, 중
앙 만화당은 장광(長廣)이 30간이니 14교방이 모여 연습하는 곳
이라.

자고로 조선 제일 강산이 평양으로 지목하더니, 이후는 제일
교방을 겸하였고, 이춘풍의 성명이 자자하되 그 내력은 알 리
없더라. 이때 이한림 형제 형장을 관서에 보내고 수년이 되도록
소식이 없음을 조심하여 자주 탐문하되 적막하더니, 하루는 형
장의 서간이 왔거늘 떼어 보니, 대강 한헌뿐이요. 봉제사 범절
을 정성으로 부탁하고, 환로에 너무 분견하지 말라 당부하고 가
로되,

'우형이 생세 20여 년에 세정을 모르고 있다가 우연히 평양에
내려와 고금 사적을 열람한즉, 흉금이 쇄락하고 운치가 호탕하

여, 종각의 장풍(長風)과 사마천(司馬遷)의 강회(江淮)¹⁾가 몽매
에 출몰하기로 중원 강산을 구경하고자 하여 홍유 양생과 동행
하여 떠나니, 소국에 국척(跼蹐)하던 종적이 중주(中州) 물색을
완상할진대, 세월을 요량하지 못하나니 기다리지 말고, 부디 조
심조심하여 환해풍파(宦海風波)에 급류용퇴(急流勇退)를 생각하
고, 우형의 방랑한 자취는 염려 말라. 동행이 진실하고 세상이
태평하니 근심할 바 아니로되, 가묘와 선산에 하직하지 못하옴
이 죄송하도다. 모월일에 우형은 의주 여관에서 부치노라.'
하였거늘, 한림 형제 서찰을 가지고 내당에 들어가 형수 김부인
께 설화를 아뢰고, 일변 탄식하여 가로되,

"우리 형장은 짐짓 상등 인물이로다. 사마장경(司馬長卿)²⁾의
명산 대천과 우소릉(右小陵)³⁾의 서촉 강산과 이태백(李太白)의
봉황대(鳳凰臺)⁴⁾와 최호(崔顥)⁵⁾의 황학루(黃鶴樓)를 고서에 보
았더니, 우리 형님의 풍정이야 어찌 고인을 양두하리요. 오리는
연골부터 환로에 침익하여 구구한 공명에 골몰하니 어찌 대장
부의 흥금이라 하리요."
하고 못내 탄복하더라. 원래 홍유 양랑이 이춘풍의 필적을 모본
하여 본댁에 부치고 추후하여 아뢰니, 이 학자의 혼신이 양랑의
농락 중에 들어, 손오공(孫悟空)의 금강봉(金剛棒)같이 능소능
대(能小能大)하더라.

---

1) 사마천은 중국 한나라 때의 대문장가. 《사기》의 저자로 유명함. 강회는 양자강과 회수.
2) 중국 한나라 때의 사마상여. 자는 장경.
3) 중국 당나라 때의 시인인 두보의 호.
4) 이태백의 시에 나오는, 강소성에 있는 대.
5) 중국 당나라 때의 시인. 〈등황학루〉란 시가 있음.

이때 평안 감사는 누구든지 순사또 자제 나이 10여 세에 부형 부귀에 띄어 술도 먹는 체하고 호사도 하는 체하고 오입도 하는 체하되, 천생 인물을 볼작시면 이마는 오숙이요, 생목은 도야지 같이 끔쩍끔쩍하고, 입술은 거더 중굿한 중 실룩실룩하고, 얼굴은 검고 푸른 중읽어 찍어매고, 키는 6척 남짓한 중 멋이 질러 걸음은 왜죽왜죽하고, 가지록 보기 싫고 아니꼬운 모양에 임자 무식이로되, 남의 무매독자(無媒獨子)라, 버슬이 아주 없어 아무가 보아도 후레자식 못난 자식 소리는 소지에 우근진이라.

그러나 그 부모 마음에는 천하 귀동자로 여기고 제일 귀남자로 보이기로 아무런 대로 훈계 한 번 아니하니 이 자식이 아무렇게나 뛰논들 무슨 주변 있으리요. 온자하고 정대한 부인은 첫날밤에 소박하고 기생방을 엿보다가 모든 오입장이 게발길접에 번 듯 못 하고, 애궂은 통지기 행랑 추렴으로 오입속을 텄더니, 부친이 평안 감사함을 듣고 정신이 비월하여 신연(新延)[6]을 기다리더니, 참지 못하여 고양 읍에를 마주 나가 수통인(首通引)을 보고 가로되,

"당신 곳에 어여쁜 기생들이 있소?"

통인이 처음은 모르다가 물어 알고 공경하여 가로되,

"천하 일색이 수수만 명이옵고 놀기도 썩 좋지요. 서방님, 소인에게만 청하오시면 두름으로 꿰어차게 하오리이다."

이놈이 아주 좋아 깨끗한 인물에 벙실벙실하더라. 그날부터 잠을 이루지 못하고 도임하기를 기다리더니, 그 모양에 호사도 흠씬하고 부친을 따라 내려갈새 영제교(永濟橋)에 이르니 300여

---

6) 옛날에 이속들이 새로 취임하는 사도를 그 집에 가서 맞아 오던 일.

명 기생이 같은 복색을 차려 양편으로 갈라 맞거늘, 이 모양을 보고 정신이 비월하여 괴상한 눈치를 헌 키 까불 듯 하고, 돼지 거더리 같은 입귀에 오뉴월 삽살개 침 흘리듯 줄줄 흘리고 좌불 안석하며 미친 놈 날뛰듯 하니, 대동강을 건너 연광정(練光亭)에 오르니, 조선 제일 강산에 좋은 경개는 소경에 단청같이 보이지 아니하고, 다만 좋은 경개는 소경에 단청같이 보이지 아니하고, 다만 기생만 기웃기웃 보더니, 사또 도임 초에 이교노령(吏校奴令) 헌신 받고 기생 점고를 당하여 사또 곁에 서서 차례로 살피니 낯낯이 일색이라. 심신이 산란하여 형용치 못하더라. 3일 후에 수통인을 불러 물어 가로되,

"일전에 보니 기생 사태가 났더니, 어찌 다시 소식이 없으며, 다 어디 있느냐?"

대답하여 가로되,

"서방님께옵서 숱한 구경을 하시려거든 내일 소인만 앞세우시면 아주 티를 내시옵고, 눈에 드는 대로 소인에게 청하오시면 등대케 하오리다."

원래 수통인 노영철(盧永喆)은 본래 간교하고 영리하여 분부 시행은 진신진미케 하기로 사또 등대마다 거행하되 한 번도 꾸지람 한 마디 아니 들었고, 돈은 많이 모으되 제 아비가 주색이 심하여 용전여수(用錢如水)하기로 매일 가구하여 헌전장령으로 준민고택(浚民膏澤)을 많이 하더니, 이춘풍이 교방 주인 된 후로 범절이 정대하고 행위 정직하므로 평양 일판이 심복하여 풍속이 일변하니, 부정한 일을 부끄러워하고 기생의 범절이 조촐하여 난잡한 행장을 못 하니, 상하 남녀가 표준을 삼되 그중에 패악하고 간교한 남녀는 은은히 원망하더라.

그중에 심일청(沈日淸)이라 하는 기생이 인물은 출중하나 천성이 음란하여 행위 부정하기로 교방에 섞이지 못하고 자로 논박을 당하여 이춘풍을 공연히 원망하고, 노영철이 또한 이춘풍을 꺼려 조심하되, 일청과 상합하여 은근히 해할 뜻을 두더니, 이에 교방에 사통(私通)하되 사또 자제 행색이 부잡하여 주색을 탐하니 만일 그 용색을 채우자 하면 풍속을 더럽힐지라. 내일 교방에 간다 하니 인물 좋은 기생은 다 감추고 박색만 추려 있게 하라 하였거늘, 이춘풍이 본래 둔재라, 그 말을 믿고 있더니 이튿날 노영철이 사또 자제를 인도하여 나갈새, 호사를 능한히 하고 들어가니 모든 기생이 맞거늘, 면면히 살펴보니 그 안목에는 술술한지라. 돌아와 물어 가로되,

"내 서울서 들으니 평양은 제일 색향이라 하더니, 썩 어여쁜 기생을 못 보겠으니 어쩐 일이며, 기생이 모두 그만이냐?"

대답하여 가로되,

"그 연고는 일후에 아뢰려니와 교방에 있는 기생은 모두 잡년이라. 서방님의 수청이 합당치 못하옵고 출중한 인문을 보시려 하면 은군자(隱君子)를 좇으소서."

사또 자제 크게 기뻐 가로되,

"내 어찌 알리요. 네 인도하라."

대답하여 가로되,

"서방님께옵서 돈만 잘 쓰시면 양귀비(楊貴妃)·서시(西施)를 다시 구경하시리이다."

이에 탄식하며 가로되,

"내 평생에 일색이 원이로되 여의치 못하였으니, 만일 내 눈에 들면 어찌 재물을 아끼리요."

영철이 가로되,

"예사 인물은 이의로 부르려니와, 정말 일색은 나가 보시리이까?"

말이 채 끝나지 않아 급히 물어 가로되,

"어디 있느뇨? 천리라도 가리라."

대답하여 가로되,

"염려 마소서."

하고 집에 돌아와 일청을 흠씬 가꾸어 놓고, 그날 밤에 인도하여 평양 한 모퉁이에 일간초옥을 찾아 들어가니, 비록 유벽하나 극히 정결하고 일개 미인이 있되 보는 바 처음이라. 정신이 미란하여 들입다 안고 가로되,

"세상에 어찌 이러한 인물이 있으리요."

하고 미쳐 날뛰거늘, 그 미인이 천연히 물러앉으며 가로되,

"천첩이 하향 천질로 범절이 남의 유예 섞이지 못하기로 궁벽한 곳에 낙천하와 세정을 모르오니, 귀인과 언어 상통이 불가하오니 서방님은 어디 계시니이까?"

영철이 공경하여 가로되,

"이 서방님은 순상 사또 자제시라. 문필이 우려하시고 예의 범절이 출중하시와, 이곳에 오신 지 수일에 오늘날 비로소 교방에 나가 보시고 하나도 눈에 띄는 게 없다 하시기로, 내 부득이하여 모시고 왔사오니 미인은 사양하지 말고 순종하라."

미인이 가로되,

"천첩이 미거하와 성색을 모르고 인사 범절이 대단 불공하왔사오니 황송하오며, 날 같은 박색 누질이 어찌 귀공자를 모시오며, 60 노모를 버리고 떠나지 못하오며, 형세 극빈하와 방아품

을 팔아 연명하오니 감히 존명을 봉행치 못하리로소이다."

사또 자제 침을 줄줄 흘리며 가로되,

"미인의 모친은 곧 나의 장모님이 되실 터이오니 자연 모셔 갈 터이옵고, 우리 아버님 평안 감사는 고사하고 우리 집도 수천 석 추수를 하니, 미인의 청하는 대로 시행하리니, 아무 염려 말고 날과 백년해로만 작정하라."

하고 정신없이 날뛰는 양은 차마 더러워 못 불러라. 이튿날 데리고 책실에 들어와 무슨 큰 보배나 얻은 듯이 흥에 겨워 날뛰며 이름을 옥경선(玉京仙)이라 하고 소원대로 시행하니, 간교한 남녀의 휼계로 천치 같은 놈을 농락하되 소위 순사또가 그 자식을 만금 보옥으로 여겨 조금도 교훈이 없으니 평양 일판이 노영철·옥경선의 차질러라. 하루는 옥경선이 아뢰되,

"평양이 예로부터 색향으로 유명하옵고 기생 출척(黜陟)을 사또께서나 책방에서 주장하시더니, 이춘풍이라는 사람을 기생 홍도화·유지연 두 년이 얻어다가 모가비를 삼고 저의 두 년의 좌우 수석이 되어 모든 기생을 꼼짝도 못 하게 하고, 영중 대소사(營中大小事)를 모두 참첩하여 농락이 무쌍하기로 아니꼬와 못 견디오니, 서방님께옵서 사또께 이뢰어 그 권리를 뺏고 세 연놈을 중치(重治)하오면 중소속이 춤을 출 터이옵고, 서방님 성명이 경향에 유명하시리이다."

이놈이 청파에 크게 기뻐 가로되,

"우리 아버지께옵서 내 말은 들으시려니와 어찌 하면 될꼬?"

옥경선이 가로되,

"수통인 노영철이 말도 잘하고 백사에 영리하오니 의논하소서."

이놈이 졸지에 귀가 높아 즉시 영철을 불러 연유를 말하니, 영철이 침음양구(沈吟良久)에 가로되,

"이춘풍의 세를 서방님께서는 당치 못하시니, 잘못하면 큰일을 만나고 옥경선조차 뺏기시리이다."

이놈이 대로하여 이를 갈며 가로되,

"설마 그 같은 놈을 못 당하랴. 순사또는 일도 왕이니 설마 그놈 하나야 못 죽이랴. 그러나 네 본래 재간이 있으니 되도록 궁리하라."

영철이 가로되,

"이춘풍은 인기도 꽤 있고 인물도 잘생기고 권리가 대단하오니 여간하여서는 되지 아니하리니, 여차여차하시와 살인죄로 몰면 제아무리 유명하여도 벗어나지 못하리이다."

원래 본관 사령 곽석이 동기 매옥을 유급한즉 순종치 아니하므로 칼로 찌르다가 못 죽이고 팔을 상하였더니 교방에 내고(內告)하거늘, 이춘풍이 일변 매옥을 치료하며 곽석을 잡아오라 하니, 곽석이 도망하다가 중화(中和) 지경에 이르러 구토설사로 붙들려 죽은 일이 있더라. 이에 곽석의 어미를 시켜 고관(告官)한대, 본관이 그 일을 아는 바로되 옥경선의 뇌물을 많이 받고 또 그 세를 꺼려 즉시 이춘풍을 나입하여 혹치(酷治)하니, 교방 등장과 평양부 내 대소민 등장이 물밀 듯 들어오되, 그 애매한 사실과 그 범절이 표준되어 영중상하 뇌덕이 죽지 아니함을 아뢰거늘, 본관이 크게 화를 내어 가로되,

"이놈이 과연 세력이 유명하도다."

하고 일변 물리치고 상영(上營)에 문부를 올리되 이춘풍은 본래 탕자의 행위로 사령 곽석과 기생 싸움하다가 저의 세력으로 곽

석을 죽이려 하매 곽석이 도망하거늘, 중로에 사람을 보내어 찔러 죽였다 하였거늘, 소위 순사또도 이왕 노영철의 참소로 이춘풍을 공연히 미워하다가 본관의 문첩을 보고 대로하여 분부하되,

"춘풍의 죄상은 만만 해연하나 살인한 자취가 분명치 아니하니 특별히 감사일등하여 원악지에 정배하라."

하였더라. 이에 이춘풍을 엄형하여 경상도 장기(長岐)로 귀양보내고, 홍유 양랑은 춘풍과 부동하여 호세(豪勢)한 죄로 엄치하고 교방을 폐지하니라.

이후 노영철이 기탄없이 빙공영사(憑公營私)하여 재물을 수탐하되, 그 기염을 두려워 뉘 능히 지척(指斥)하리요. 그러나 하늘이 그 악관을 채지 아니시와 24삭이 채 못 되어 순상(巡相)이 경직(京職)으로 올라가니, 사또 자제 옥경선을 못 잊어 데려가고자 하거늘, 옥경선은 본디 음녀로 노영철과 동악 상제하는 년인 중, 그 추하고 더러운 사또 자제를 재물로 인하여 아첨하였거니와, 뺏을 것 다 뺏고 재산이 요부하니, 어찌 다시 돌아보리요. 각색으로 꾀병하고 요약한 말로 아첨하되,

"서방님 같으신 재덕으로 수히 등과하사 또 평안 감사하여 내려오시거든 소녀는 그 사이 정절하고 있다가 멀리 나가 맞사오리니, 그리 아시고 공부에 유의하옵소서."

하고 거짓 눈물을 흘리거늘, 그 창자 없는 놈이 그 아첨하는 요설(妖說)에 혹하여 쾌히 허락하고 가더라.

이때 신임 사또는 홍상서(洪常瑞)니 이조판서(吏曹判書) 승품(陞品)하여서 기백(箕伯)을 제수하시니, 본디 문장 재학이 유려하고 연장 50에 풍신도 위영하고 온자한 성정에 주색은 아주 모

르더니, 도임한 지 1년에 은위가 병행하고 인덕이 흡족하여 평안 일도가 태평가를 부르고, 전관의 미결한 원옥(冤獄)을 차례로 명결(明決)하니, 원근에 승성이 양양하더라.

이듬해 4월 8일을 당하니 우순풍조(雨順風調)하여 천기 청명하고 마침 순상(巡相)의 생신이라. 전임 본관은 탐관으로 파직하고 신관은 마음이 명철한 중 순상의 교화를 이어 선치하더니, 이날을 당하여 순상께 아뢰되,

"불감하오나 평양은 자고로 조선 제일 강산으로 천명하옵고, 연광정(練光亭) 8일 놀이는 태평성사로 전래하옵는 중, 연래에 연풍인락(年豐人樂)하와 성세연월(盛世年月)을 다시 본 듯하옵고, 또 사또 생신이신 줄 알고 근읍 수령이 모두 전할 뿐 아니라, 부내 백성이 분부를 기다리지 아니하고 모두 준비한 모양이오니 복망 특허하옵소서."

순상이 침음양구(沈吟良久)에 마지못하여 허락하시니, 부내에 화기융융하여 호진범절을 등대할새, 순상이 순담한 복색으로 연광정에 좌기하고, 근읍 수령이 좌를 정하고 본관이 모든 비장을 데리고 진배하니, 진수성찬은 이르도 말고 생소고각(笙蕭鼓角)이 우우풍풍하여 길군악 · 여민락을 차례로 아뢰니, 이른바 태평성사라.

한창 이리 흠신 놀 즈음에 홀연 난데없는 옥소성이 자자하더니, 좌변 수석 홍도화는 깁치마를 거듬거듬, 우변 수석 유지연은 전립을 제쳐 쓰고, 검무 추던 유채향 · 오채란 등은 칼을 던지고 정신이 창황하여 급한 걸음으로 난간에 내려서고, 모든 기생들이 황황히 따라가니, 순식간에 300명 기생이 쓸어 버린 듯하고 다담 감검하던 옥경선이 하나만 있으니 홀지풍파에 놀이

가 고롭이라. 순사또께옵서 수상하게 여기사 물으사 가로되,

"옥경선아! 어찌 나가지 아니하며 대강 퉁소는 뉘가 불었으며, 그 소리에 놀라 일시에 미쳤느냐. 무슨 다른 연고가 있느냐?"

옥경선이 꿇어 가로되,

"자세히는 모르거니와 아마도 장기로 귀양갔던 서방님이 돌아오시다가 대동강 월변에 퉁소를 불었나 보이다."

사또 물어 가로되,

"이춘풍 성명도 좋다마는 대강 어떠한 인물이완대 그러하단 말이냐?"

옥경선이 대답하여 가로되,

"근본은 어디서 왔는지 모르오나 대강 경성 인물 같사오며, 좌수석 홍도화와 우수석 유지연이 모셔다가 저의 말뚝서방을 정하고, 양기가 본래 요부하와 평양 한복판에 제일 교방을 짓고, 이춘풍 서방님은 24교방 모가비가 되고, 양기는 좌우 수석이 되어서 평양 일판 기생을 독차지하여, 순사또께옵서나 각 읍 수령이 혹 기생 수청을 정하시려도 이서방님 분부 아니오면 감히 곰짝도 못하옵고, 평양뿐 아니라 화평 양도 각 읍 기생이 모두 그 절제를 받자와 표방과 제품을 주장하와 농락이 무상하옵기로 각처 교방에서 뇌물이 물밀 듯하옵고, 그뿐 아니오라 영내 본관 이속 것이라도 임의로 출적하온 터니, 전임 사또 자제 서방님과 권리 싸움을 하다가 살인죄를 범하와 경상도 장기로 정배갔삽고, 홍유 양기는 이 서방님을 의세하여 갖은 요악을 부리다가, 이서방님 귀양가실 때에 수천 냥을 드려 치행을 융숭히 하옵고, 그 후에 영명사(永明寺)에 불공하와 이 서방님 해배도

수이하고, 또 세세생생에 3인 도로 내외 되어 천만 년을 행락하자고 발원하옵고, 두문불출하와 수절하는 체하다가, 이번 놀이에는 무슨 계교로 참예하였사오며, 마지에 옹이로 이 서방님이 오늘 풀려 오다가 대동강 월변에서 퉁소를 불기로 그년들이 체면도 모르고 그 모양으로 날뛰오니 그런 변괴 어디 있사오며, 소인은 홍유 양기에게 시기를 받자와 교방에 용납지 못하였나이다."

사또 청파에 좌우를 돌아보사 가로되,

"옥경선의 말이 진정한가?"

수통인 노영철이 꿇어 가로되,

"과연 그러하옵고 이 서방님 귀양간 후로 평양 부내가 조용하옵더니, 또 풀려 온 지경에는 도로 요란할 뿐 아니라, 사또 정치에도 대단 손상할 듯하여이다."

말을 말치지 아니하여 좌변에 추던 유채향과 우변에 검무 추던 오채란이 꿇어 가로되,

"국가에도 소인이 있어 군자를 모함하면 국체가 손상하는지라, 옥경선의 아뢰온 말씀이 절절이 무소이오니 사또 살피소서. 소인 등은 나이 어리와 이서방님과 상관은 없사오나, 사실은 자세히 아옵기로 죽기를 무릅쓰고 아뢰옵나이다. 이번 실수는 만만 가통하오나 본사는 그렇지 아니하오며, 노영철의 말씀은 더욱 음흉하오이다. 이 서방님은 서울 재상 자제로 문장 도학이 출중하시고, 외화는 천성이 하강하온 듯하고, 천성이 정직하고 범절이 안상하시고 예절이 엄숙하더니, 우연히 유람차로 내려왔다가 홍유 양인이 그 범절과 학문을 사모하고, 또 음률에 정통하옵기로 무수히 간청하와 잠깐 머무르더니, 부내 기생들과 소년

공자들이 흠양하와 교방을 창건하고 수석으로 모셔 범절과 음률을 배우되, 한 번도 호방한 모양은 보지 못하옵고 예도에 벗어난 자를 효유하기로 부중 상하가 표준을 삼아 풍속이 일변하여 음란한 구습이 아주 없고, 옥경선의 아뢴바 기생 독차지한다 함은 음률을 배우자 하오면 교방에 와야 할 일이로되, 하나도 난잡한 행위는 아주 없고, 뇌물을 받는다 하옴은 기생이 새로 교방에 참예하면 예물이 있으되, 하나도 자용치 아니하고 부내의 빈민을 구제하옵고, 수청 기생을 간섭한다 함은 순사또께서나 본관 사또나 비장 나리나 별성 행차께옵서 수청을 찾으시면, 인물과 가무를 택출하여 범절과 행동거지를 연습하여 들여보내옵고, 만일 음란한 행사나 요야한 거동이 있으면 별로이 표방하여 옥에 섞이지 못하게 하옴이요, 영본관 이속을 출척한다 함은 평양은 물충지대하옵고 물풍한 곳이라, 뇌물법이 있삽고 관록의 빙공영사(憑公營私)가 없지 아니터니, 이서방님 내려오신 후 자연 부정한 일을 하다가 관가에 엄형당함은 감수할지언정 이서방님 들으실까 부끄러워하고, 남의 선악을 펴 놓지 아니하되 악인이 자연 항복하옵기로 행실 불측한 자는 자괴지심이 있사와 영본관의 중심을 사양하옴이오. 이서방님의 왈가왈부는 없삽고 전임 사또 자제와 권리싸움 하단 말씀은 사또 자제 서방님이 천하 박색이요, 천성이 영리치 못하므로 아무 세정에 어두움을 간교한 노영철이 양적(陽翟) 대고(大賈)에 진태자(秦太子)[1]로 알고 가지록 농락하여 좋은 말로 교방에 기별하여 박색만 보

---

1) 중국 진(秦)나라 양적 땅의 거상이었던 여불위가 미녀를 사서 진나라 왕에게 바치기 전에 임신을 시켰는데, 그 미녀가 7개월 만에 아들을 낳았으나 진나라 왕은 의심하지 않았다고 함.

이라 하고, 저의 놈 상관한 요악 음란하온 심일청을 요야케 만들어 바치고 각색 아첨을 다하오니, 그 장차 서방님이 천선이 하강하였다 하와 옥경선이라 칭하고 수유불리(須臾不離)하고 언청계용(言廳計用)하옵기로 간교한 남녀가 각색으로 협잡하여 연놈이 1년 동안에 천 석 거부가 되옵고, 평일에 흉측음란하기로 교방에 참예치 못하옵더니, 아무리 득세하오나 이서방님을 꺼려 없이할 마음으로 모함하였사오나 백지 애매하온지라. 신입사령(新入使令) 곽석(郭石)이 동기를 접측하다가 여의치 못하여 칼로 찔러 상하옵기로, 이서방님이 의원을 맞아 백단 치료하와 살피고 곽석을 부르오니, 그놈이 자겁하여 서울로 도망하다가 중로에서 구토설사하여 죽었거늘, 옥경선이 본관에 수천금 뇌물로 환롱(幻弄)하와 살인죄로 몰아 귀양 보내었삽고, 홍유 양기가 치행을 융성하였다 하옴은 예사하오나, 그도 또한 부내 오입장이들이 탄식하여 가로되, '현인 군자가 소인의 참소에 몰린들 오래지 않아 돌아오리라' 하고, 매명 닷돈 출물이 수천 냥에 이르되, 이서방님이 받지 아니하시고 죽장망혜(竹杖芒鞋)로 혼자 갔삽고, 홍유 양인이 불공하단 말은 더욱 허문한지라. 양기의 모친이 자식이 없어 부처에게 발원하고 나았삽기로, 지금까지 해마다 생일이면 시주하옴이오, 이서방님 발원하단 말은 허사오며, 노영철의 말이 이서방님이 있을 때에는 영중이 요란하더니, 귀양간 후 조용타 하고 또 돌아오면 사또 정치에 손상하리라 하옴은 알지 못할 말이라. 소인이 이왕 아뢰온 말씀을 통촉하옵시고 영철더러 하문하옵소서."

순사또 사색을 살피니 벌벌 떨고, 옥경선은 얼굴이 잔제비 같아서 아무 말도 못 하거늘, 사또 짐작하고 물려서라 하시더니,

이윽고 모든 기생이 들어와 사죄하고, 홍우 양인이 계하에 내려 사죄하여 가로되,

"애매히 귀양갔삽던 이춘풍 서방님이 오래간만에 풀려 오옵기로 하도 반갑사와 부지불각에 정신이 아득하여 체면을 생각지 못하옵고 사죄를 지었사오니 중죄를 감당하여지이다."

하거늘 순사또 혁연히 진로하여 가로되,

"너희들이 천기 출신으로 일도 방백을 희롱하니 그런 무엄한 도리 어디 있으며, 이춘풍은 하등 인물이 완대 행위 부잡함을 면치 못하니, 일변 엄치할 차로 선화당(宣化堂)에 대좌기를 차리되 별반 엄정하라."

하시고 사색이 엄위하니, 사또 도임한 지 수년이 지나되 노하심도 처음이요, 대좌도 처음이라, 영중이 진율하여 수작이 황란하고 정신을 차리지 못하더라.

이에 영장 중군이 대군물을 풀어 풍우같이 몰아 진을 치고 8비장(神將)이 복색을 갖추어 부복하고, 삼반 나졸은 복색을 선명케 하여 벌려 서고, 곤장(棍杖)·태장(笞杖)·홍주장(紅朱杖)을 차례로 배설하고, 사또께서 융복을 갖추어 좌기하고, 관자통인(貫子通引)은 착전립(着戰笠)하고, 아해 통인은 전복 입고 좌우에 시립하고, 한 번 호령에 산천초목이 탕진할지라. 이춘풍과 홍도화·유지인·오채란·유채향 5인을 잡아들여 차례로 수죄할새,

"이춘풍, 네 들어라. 너는 본래 양반의 자손으로 학업을 힘써 입신양명하여 우으로 명왕을 충성으로 섬기고, 아래로 부모 조상을 영화로 받들고, 이름을 죽백에 드리옴이 대장부의 사업이어늘, 경향에 출몰하여 주색에 침면하니 파락호(破落戶) 자제의

행위를 면치 못하고, 또 유무죄간에 살옥을 당하니 인자에 골육이 전율할 일이라. 전관이 븍별 관유하여 정배지경에 처하였으니, 해배하는 날에 개과천선하여 고향에 돌아가 사자의 직업을 수척할 것이어늘, 구습을 잊지 못하여 도로 내려와 요괴한 퉁소 소리로 모든 창기를 유인하여 소위 감사의 놀이를 희롱하니 죄상이 어떠하뇨. 홍유 양기야, 네 들어라. 너희들은 일개 하향 천기 출신으로 요약한 용색을 자랑하여 부귀인의 자제를 유인하고, 온자한 사대부를 미혹하여 여우같이 아당하고 요귀같이 환롱하여 백방으로 간교를 부리고 천 가지로 요약을 부리다가, 순사또를 모시고 소위 놀이를 배설한 자리에 간사한 음부의 퉁소에 반하여 체면을 손상하고 행동이 방자하니 그 죄를 어찌할고. 오유 양기야, 네 들어라. 너희 년들은 아직 모우미성한 아해로 간사한 창자를 부동하여 말도 잘 하는 체하고 경개도 아는 체하여 당돌히 내달아 관장을 비방하고 시비를 판단하여 숙시숙비(孰是孰非)를 임의로 출척하고 선불선(善不善)을 분변하되 모두 무소요, 개개 요악이라. 너 같은 요불을 엄치치 않으면 하례배의 무엄함을 장양할지라. 그런 교만 방자한 일이 어디 있으리요. 오인의 죄상이 차등이 없으니 개개이 형문 30도씩 엄장하고 엄가 착수하라."

하시고, 주렴을 내려놓고 들어 앉으시니, 눈치 빠른 집장 사령이 포장만 굉장하고 실속은 헐장이라. 각각 하옥한 후 병방 비장(兵房裨將)을 불러 분부하되,

"그 연놈의 죄범이 약차하니 법률대로 할 지경인즉 어찌하면 상당할꼬?"

병방이 아뢰되,

"소인의 요량에는 죽일 죄는 아니온즉 사또 통촉하옵소서."

사또 분부하시되,

"그만 죄로 죽이기야 과하고 원악지 정배가 어떠하뇨?"

병방 비장이 아뢰되,

"득당하올 듯하오이다."

사또 이에 좌기를 걷고 공방 비장(工房裨將)을 불러 분부하되,

"그만 죄로 죽이기야 과하고 원악지 정배가 어떠하뇨?"

병방 비장이 아뢰되,

"득당하올 듯하여이다."

사또 이에 좌기를 걷고 공방 비장을 불러 분부하되,

"큰 배 3척만 등대하고 포진 범절과 주찬 등절을 융숭히 하고 일등 명기 30명만 추리되, 복색을 선명케 하고 생소 고각이며 각색 등불을 준비하여 연광정 앞으로 대령하라."

하시고 도로 연광정에 좌기하니, 이때 정히 황혼이라. 만호 누대에 채등이 찬란하고 연광정 전후 좌우에 끝끝이 등을 달고 대동강의 줄불 낙화 남풍에 불이 붙어 일대장강에 화성이 둘렀는 듯, 중국에 유명한 관능 관등이 이에서 더하리요."

사또 분부하시되,

"병방 비장 등대하라. 아까 하옥한 죄인 5명을 올리렷다."

긴 대답 소리에 천둥 치듯 하는 가운데 5인을 나입하여 연광정 아래 꿇리고 분부하사 가로되,

"너희들의 죄상이 특중하기로 원악지 정배로 마련하였으니 바삐 발배하되 배소를 어디로 정할꼬. 오늘이 4월 8일이니 상현이 아니냐. 저 월륜이 반월이 분명하니 반월반월 정당기시(正當

其時)로다. 여기서 반월도(半月島)가 몇 천 리냐?"

병방 비장 능갈친 소견에 벌써 알아듣고 가로되,

"예, 1천 500리올시다."

사또 가로되,

"아따 멀기도 하다. 공방 비장 부르라. 아까 분부한 포진 범절 준비하였는가?"

"예, 등대하였소이다."

대동강 넓은 물에 큰 배 3척 연선하고 각색 화병을 겹겹이 치고 강화석 옥과석을 층층이 보전하고, 화문등에 가진 교룡 줄을 찾아 돋우고, 24방 등을 달고 산찬 해착 팔진 선찬 교자가 몇 틀이오. 청소주·황소주며 게당주·과하주며 감홍로·천일주를 병병이 가득 넣어 줄을 찾아 벌여 놓고, 삼현 육각 갖은 풍물 30명 일등 기생이 각각 맡아 항렬 찾아 늘어앉아 사또 오르시기를 기다리더니, 사또 분부하시되,

"이춘풍 등 5인은 네 들어라. 십분 짐작하고 일변 아껴 중죄를 경벌로 감등하나니 부디 개과천선하라."

하시고, 5인을 찬찬의복 일 습씩 주시고, 각각 저의 소장대로 이춘풍은 퉁소로 칼 씌우고, 홍도화는 거문고로 칼 씌우고, 유지연은 비파로 칼 씌우고, 오채란은 양금으로 칼 씌우고, 유채향은 해금으로 칼 씌워 차례로 세우고, 30명 기생더러 분부하시되,

"너희들이 오늘 죄인을 배소로 압송하되 각별 조심하라."

하시고,

"바삐 발배하라."

하시니, 5인이 천만의외에 황공 감축함을 이기지 못하여 배에

올라 연광정을 향하여 백배 사례하고 떠날새, 30명 기생이 일시
에 노래를 부르고, 생황 금실이 일제히 아뢰니, 장성일면용용수
(長城一面溶溶水)에 핍피중류(乏彼中流) 돛을 달아 운중에 표묘
한 반월도로 향하니, 그런 성사는 천고에 처음이라. 이때 성내
성외에 남녀노소 뉘 아니 구경하며, 그중에 오입속 아는 자는
책책 칭찬하여 가로되,

  "우리 사또 도임 1년에 그리 온자하신 학자님일러니, 오늘 일
로 볼진대 오금도 문청 뜨고 속도 썩 잘 쓰시고 오입속도 능통
하시도다. 들으니 이춘풍도 재상 자제요, 훌륭한 학자에 오입에
미끄러져 그러하다니, 양반 중에 멋 알기는 두 양반이 날개로
다. 이러한 일은 만고에 유전할 일이라."
하더라. 이때 사또 연광정에 앉아 바라보시고 가로되,

  "모두 그놈의 판이로구나. 내 일도 방백으로 대소민의 원하
는 일을 성취토록 하나니, 저 연놈의 평생 원이 저것이라. 어찌
한번 풀어 주지 아니하리요."
하시고, 옥경선을 부르사 가로되,

  "저 죄인들을 단단히 압송하되, 혹시 중간에 도타(逃躲)할 염
려가 있기로 너를 시켜 꼭두 차사를 정하되, 혼자는 못 가리니
걸 센 장교 1명을 뽑아 들이라."

  병방이 벌써 짐작하고 응성하여 가로되,

  "노영철이 합당하여이다."

  이에 양인을 분부하시되,

  "너희 등이 1척 소선을 타고 빨리 쫓아 죄인을 간검(看儉)
하되 소루함이 없게 하라."
하시니, 양인이 고개를 숙이고 배에 올라 따라가니, 원래 양인

이 이춘풍 등을 무소(誣訴)하다가 채란·채향에게 무류를 당하여 모양이 수통(羞痛)하고, 저의 등도 좋은 놀이에 참예치 못함이 한탄인 듯하여 일변 사화도 시키고 참소한 죄도 사함이러라. 이때 이춘풍이 반월도에 이르러 배를 대고 연광정을 향하여 무수히 치사하고 가로되,

"이런 일은 고금에 듣지 못한 일이라. 그 감격함을 어찌 형용하리요."

하던 차에, 노영철·옥경선이 득달하여 사또 분부를 전승하고, 이왕 되상을 자복하여 무수히 사죄하고, 엎디어 일어나지 못하거늘, 춘풍이 흔연히 손을 잡아 일으키며 가로되,

"우리 터에 무슨 혐의가 있으리요. 만일 그만 일을 괘념하면 대장부의 소졸한 소견이오. 오입속에 대단 흠사라. 사또께옵서 특별 요량하시와 우리 등으로 하여금 태평연월을 찬송게 하심이니, 우리 한번 흠씬 놀아 보리라. 소리와 풍악도 재주껏 하고, 술도 양대로 먹자."

하고 서로 권하며 진취(盡醉)하니, 밤이 깊어 이미 오경이라. 서로 베고 쓰러지니 별천 우로(雨露)에 금포 나삼이 젖음을 깨닫지 못하더라. 7월 호접이 지지하여 몽진을 깨닫지 못하더라. 영명사 북소리에 괴안 침이 서늘하여 일시에 일어나 앉으니, 십리 장강에 파탄은 잔잔하고 욱욱 천봉 일륜홍일(一輪紅日)이 부상(扶桑)에 둥실 높이 떴다. 각각 의관을 정제하고 다시 배반을 나아와 해정하고 생각하니, 어제 일이 일장춘몽에 만겁윤회(萬劫輪廻)를 겪은 듯 무엇이라 형용하리요.

이때 감사, 이춘풍과 홍유 양기를 발배하고 다시 생각하니, 이춘풍의 동탁한 용모와 씩씩한 위의(威儀) 평생에 초견이요,

일국에 짝이 없을 뿐 아니라, 그 정직하고 온화한 덕기가 언어 동작에 자연 드러나거늘, 아무리 보아도 범상한 인물은 아니요, 반드시 경화 사부의 자식이 분명한지라. 일변으로 그 용모 위의에 감동하는 마음도 있고, 이변으로 그 용모 위의에 감동하는 마음도 있고, 일변으로 그 대우함이 미흡하여 뉘우치는지라. 즉시 좌기를 거두고 선화당에 돌아와서 즉시 예방 비장(禮房裨將)을 불러 가로되,

"내 오늘 옥경선과 노영철의 간악함과 이춘풍의 무죄함을 짐작하고 일시 희롱적으로 조치하였거니와 내 이춘풍의 언어 동작과 위의 풍채를 잠시 보아도 하향 범상한 인물 아닌 듯하니, 즉시 이춘풍의 내력을 탐지하여 들이라."

하니, 비장도 이춘풍도 관대 정직한 풍도와 평양 일경에 물론을 어찌 모르리요마는, 사의가 아뢰기가 유소여하며, 봉명하고 나와서 7비장과 회의한 후 관인간(官人間)에 지사자(知事者)를 청하여 문의하니 모든 사람이 여출 일구하는 말이,

"그 양반의 옥골설풍과 관대 정직한 위의는 이 세상에 드물거니와, 그 양반의 내력은 대강 전하건대 본디 서울 재상가 자제로서, 아시부터 성경 현서에 강의 공부로 문일지십(聞一知十)하는 천재라. 학문과 도덕이 지주하므로 성명이 조야에 자자하여 돌아오는 공명과 영화로움이 적지 아니하되, 그 양반은 부귀 영화를 부운과 떨어진 짚신같이 물리치고 오직 경학 공부에 잠심하오며, 여가 있으면 온갖 음률을 연습하며 또한 정통하였다 하오며, 홍랑과 유랑은 본디 이곳 기생 출신으로 인물의 동탁함과 요조한 자색이 인간의 인물이 아니요. 선녀의 하강인 듯하온 중두 기생의 지기가 또한 고상하와 양랑이 의논하고 수천금을

허비하여 기안에 제명한 후, 경서를 공부하기와 음률을 정통하기에 잠심하더니, 운종룡 풍종호(雲從龍風從虎)는 자연의 이치라. 이러한 남녀가 일세에 탄색하올 때에는 어찌 천장한 배필이 아니오리까. 양랑이 이춘풍을 만나 백년가약을 이룸이 우연치 않은 신선의 인연도 있었다 하오며, 이곳에 교방을 실시한 후로 과연 화류계에 전래하여 거의 고폐가 되던 음풍 패속이 일시에 없어지고 풍류의 진전한 화기를 회복하므로, 일경에 송성(頌聲)이 자자하여 장차 풍화의 개량됨을 기약하더니, 자고로 소인의 참소로 인하여 군자의 배척당하는 일이 어찌 조정에만 있사오리까. 전관 사또 등대에 수통인 노영철과 기생 옥경선이 음경이 상통하여 음흉한 참소로 이춘풍이 살인의 죄명을 입고 억울히 경상도 장기로 정배되오니, 일성이 진동하여 뉘 아니 분원타 하오리이까. 다행히 오늘날 해배하여 오는 길에 또한 옥경선과 노영철이 요악한 참소를 명철하신 사또 앞에 시험타가 낭패하오니, 과연 우리 순사또의 명철하신 덕택이로소이다."

비장이 감사에게 들어가 일일이 복명하거늘, 감사 듣고 가로되,

"내 잠시 보고 의심하였더니 과연 그러하도다."

하고 날이 밝기를 기다려 비장을 반월도에 보내어 이춘풍에게 전갈하여 가로되,

"노물이 어제 부벽루에 올라 일시 소창하던 중 홀연히 옥소 소리 들리더니, 기생과 풍악이 일시에 진동하여 물풍치가 되는 고로, 잠시 기율의 해이함을 징계하고자 하여 일시 거조하였거니와, 그대는 옥저 소리로 내 놀이를 희롱하였으니, 피차 일반이라. 과히 허물치 말고 속히 양랑과 한가지로 청아한 사업을

계속하기를 바라노라.”

라고 비장이 반월도에 건너가니, 이춘풍이 양랑과 모든 기생을 데리고 작일에 놀던 여흥을 세잔 갱장하던 중 비장 옴을 보고 이춘풍과 양랑이 여러 기생을 영솔하고 나와서 맞거늘, 비장이 감사의 전갈하는 말씀을 일일이 전갈하니, 이춘풍과 양랑이 일어나 읍하고 다시 앉아 감사의 관대한 후회를 무수히 축사한 후, 배반을 다시 올려 질탕히 노닐새, 옥경선과 노영철은 한구석에 끼여 앉아서 고개를 차마 들어 보지 못하는 양은 도리어 가긍터라.

　비장을 보낸 후에 이춘풍이 양랑으로 더불어 대성산 아래 초당으로 돌아와서 세상의 영욕 궁달을 부운에 붙여 버리고 양랑으로 더불어 금서(琴書)의 생활이 자족하고, 홍유 양랑에게 1남 1녀씩 낳아 차례로 길러 성취한 후, 여년을 화란 춘풍으로 마친지라. 세상 사람이 이르되 ‘지상 삼선(地上三仙)’이라 하더라.

# 작품 해설

　조선 시대의 풍자 소설로, 지은이와 집필 연대는 알려져 있지 않다. 조선 시대 때 도학자들이 여색으로 인해 타락하는 면을 그렸다.

　내용은 꾸준하게 독서만 하며 학식을 쌓던 이생이, 한번 기생들에게 빠지자 헤어나지 못해 세상을 등지고 산에 들어가 초당을 짓고 평생을 기생과 더불어 살았다는 이야기이다.

　이 작품도 다른 풍자 소설과 같이 조선 영·정조 시대의 작품으로서, 여색을 멀리하던 도학자의 위선적인 생활을 표현했다. 〈배비장전〉에 있어서는 여색을 멀리하는 주인공을 대중 앞에 내세워 노골적인 망신을 주며, 부인과의 동침마저 추하게 여기는 철저한 도덕군자를 기생이 비상한 방법으로 훼절하게 하고, 일국의 이름난 도덕군자를 타락시켜 가장 천한 기생의 모가비가 되게끔 하는 과정을 표현했다.

　이 작품의 지은이는 앞부분에서 한량들을 내세워 주인공 이생에게 온갖 모욕을 줌으로써 조선 시대의 특권 계급인 양반의 생활을 힐난하고 비판하고 있다. 조선 시대의 작가들이 대부분 모방적인 수법을 쓴 데 비해 이 작품은 지은이의 독창성이 십분 발휘되어, 기묘한 구성과 주제를 효과적으로 표현했다.

  아울러 이 작품은 사실적인 표현을 시도해서 사건은 물론 등장인물들의 성격이나 배경 등을 구체적·현실적으로 잘 표현했다. 특히 대화에 있어서는 야비한 속어를 써서 대화의 효과를 잘 발휘했으며, 조선 시대의 작가들이 추상적인 언어를 쓴 데 반해, 이 작품은 적절하고도 정확한 용어를 선택해서 사실적인 표현을 했다는 점은 이 작품의 특색이 아닐 수 없다.

  그리고 또 하나의 특색은 조선 시대의 지방 관청에 소속되어 있는 통인들의 빙공영사(憑公營私)하는 간악한 생활과 통인과 관기들의 기묘한 관계를 잘 표현했다는 점이다. 이것은 평양 감영의 수통인이 요사한 관기와 음모해서 감사의 아들을 유혹한 뒤 치부하고, 교방주인이 춘풍의 정대한 행동을 시기한 나머지 감사에게 무고해서 유배시키는 사건에서 매우 잘 보여 주고 있다. 이러한 지방 관기들의 간악한 생활을 표현해 놓은 것은 이 작품뿐인가 생각된다.

여하튼 조선 시대의 작품으로서는 수작 중 하나이며, 점잖으면서도 은근한 풍자성은 이 작품만이 지닌 예술적인 가치라고 할 것이다.

이 작품의 목판본은 없고 활자본으로 1918년에 발행되었다.

▌구 인 환 ▌
서울대학교 사범대학 국어교육과 졸업
서울대학교 대학원 국어국문과 수료(문학 박사)
서울대학교 사범대학 교수
국어국문학회 대표이사 및
한국소설가협회 이사
문학과문학교육연구소 소장
서울대학교 명예교수

우리 고전 다시 읽기

# 배비장전

초판 1 쇄 발행  2003년  2월 10일
초판 5 쇄 발행  2014년  3월 25일


엮 은 이  구 인 환
펴 낸 이  신 원 영
펴 낸 곳  (주)신원문화사


주    소  서울시 영등포구 당산동 121-245 신원빌딩 3층
전    화  3664 - 2131 ~ 4
팩    스  3664 - 2130

출판등록  1976년 9월 16일 제 5 - 68 호

＊ 잘못된 책은 바꾸어 드립니다.

ISBN  89 - 359 - 1094 - 5  03810